LYNN RAYE HARRIS

L'héritier rebelle

Azur

HARLEQUIN

Collection : Azur

Cet ouvrage a été publié en langue anglaise
sous le titre :
THE HEARTLESS REBEL

Traduction française de
JEAN-BAPTISTE ANDRE

Ce roman a déjà été publié en 2012

HARLEQUIN
83-85, boulevard Vincent-Auriol, 75646 PARIS CEDEX 13
Service Lectrices — Tél. : 01 45 82 47 47

www.harlequin.fr

ISBN 978-2-2803-4439-5 — ISSN 0993-4448

1.

Cara essuya ses paumes moites sur le satin de sa robe, espérant qu'elle n'y laisserait pas de marque. C'était le grand soir, la nuit la plus importante de sa carrière de croupière. Elle pria rapidement pour qu'une poussée de scrupules ne vienne pas tout gâcher.

Bobby Gold lui avait demandé de tricher.

Cette pensée lui donnait des palpitations. Cara prit une profonde inspiration pour se calmer. Elle pouvait le faire. Non, corrigea-t-elle mentalement, elle *devait* le faire. Les hommes qui allaient s'asseoir à sa table dans quelques minutes étaient tous richissimes, habitués à perdre sans ciller des millions sur une mauvaise carte. Qu'importait si ce soir, c'était à cause d'elle plutôt que par manque de chance ? Le résultat serait le même : leur vie n'en serait pas affectée.

Aucun de ces hommes ne savait ce que c'était que de tout perdre et de devoir lutter pour survivre. Tout le contraire d'elle, qui se battait pour sauver sa famille depuis que l'ouragan Katrina avait détruit leur maison de La Nouvelle-Orléans. Une maison qui n'avait d'ailleurs pas été la seule victime des éléments : la tempête avait aussi révélé les noirs secrets de son père.

Après le lâche départ de ce dernier, et la dépression de sa mère qui s'en était suivie, Cara avait travaillé dur, en tant qu'aînée, pour sauver ce qui pouvait encore l'être. Elle n'avait pas hésité un instant à sacrifier ses propres rêves. Ce soir, elle avait enfin l'occasion de dire adieu à ses problèmes d'argent.

Si tout se déroulait comme prévu, elle pourrait loger convenablement sa mère et payer ses primes d'assurances, devenues exorbitantes après Katrina. Sa mère aurait pu déménager mais elle avait refusé. Cara, bien qu'irritée par son entêtement, devait admettre qu'elle la comprenait : il était difficile de quitter l'endroit où l'on était née. Et après le traumatisme de ces dernières années, de nouveaux bouleversements dans leur vie n'auraient pu qu'affecter sa sœur Evie et son petit frère Remy.

Si tout se passait bien cette nuit, Remy aurait enfin accès aux soins spécialisés dont il avait besoin. C'était la considération la plus importante. S'il fallait tricher aux cartes pour cela, tant pis. Le bonus que Bobby lui avait promis, lorsqu'elle avait accepté de l'accompagner à Nice pour ouvrir ce nouveau casino, lui permettrait d'aider les siens et de reprendre sa vie en main.

Evidemment, Bobby ne lui avait jamais parlé de tricher ; jusqu'à cette nuit…

— Tu as bien compris ce que tu devais faire ? fit une voix suave dans son dos.

Cara pivota, se composant une mine parfaitement neutre.

— Bien sûr.

Avec un clin d'œil, son patron lui décocha une petite claque sur les fesses. Cara fit de son mieux pour cacher sa répulsion. Elle n'avait jamais aimé cet homme, mais il était le roi des casinos de Las Vegas. Et son empire s'étendait, comme le prouvait ce nouvel établissement, au cœur d'un ancien palais niçois.

Cara avait commencé sa carrière chez l'un des rivaux de Bobby. Ce dernier n'avait pas tardé à repérer son talent et à lui offrir un travail. D'abord réticente, elle n'avait pu résister longtemps au salaire mirobolant qu'il lui avait offert. Et, à l'exception d'une main baladeuse ou d'une œillade lubrique de temps en temps, elle n'avait pas eu de raison de le regretter.

Du moins jusqu'à maintenant.

La dent en or de Bobby scintilla lorsqu'il lui sourit. Cara s'était toujours demandé s'il s'agissait d'une affectation de sa part ou s'il avait vraiment besoin d'une fausse incisive. Quelle que soit la réponse, cet ornement la dégoûtait.

— Veille à ce que les joueurs soient contents, pigé ? Sers-toi de tes seins : ce serait idiot d'en avoir de si beaux pour rien. Et garde l'œil sur le type que je te désignerai. Quand le pot sera assez élevé, il te fera signe.

Cara sentit son visage s'enflammer. Elle n'aurait su dire si c'était parce que Bobby avait fait référence à sa poitrine ou parce qu'elle avait honte de ce qu'elle devait faire. C'était sans doute un mélange des deux. Elle était d'une honnêteté scrupuleuse et n'avait jamais triché de sa vie — contrairement à son père…

De nouveau, elle lissa sa robe sur ses hanches, résistant à l'envie de refermer son décolleté. En temps normal, son uniforme se composait d'une longue jupe et d'une chemise blanche fermée par un nœud papillon. Ce soir, Bobby lui en avait fourni un tout autre : une minijupe en satin, un chemisier échancré rouge sang et un nœud papillon à porter à même la peau.

« Fais ce que tu as à faire, se morigéna-t-elle. Demain, tu rentreras chez toi et tu ne verras plus jamais Bobby Gold. »

— Je ferai de mon mieux, patron, répondit-elle avec une touche d'ironie.

Le visage de Bobby se durcit ; ses petits yeux jetèrent un éclat cruel. Cara avait déjà vu ce regard. Un frisson la parcourut. Bobby, elle le savait, était capable de tout.

— Tu as intérêt, répondit-il. Je ne voudrais pas devoir sévir.

Sans lui laisser le loisir de répondre, il tourna les talons et s'éloigna vers le bar.

Cara prit position à sa table au moment même où le rideau de velours noir qui cachait la porte d'entrée s'écartait pour laisser passer un homme blond, de haute taille. Lui aussi se dirigea vers le bar, où il commanda à boire avec un accent allemand. C'était donc le comte von Hofstein.

Bientôt, d'autres joueurs les rejoignirent dans la pièce privée que Bobby avait réservée à la partie : un cheikh adipeux, vêtu d'un costume et d'un keffieh, puis un Africain d'allure noble, qui vint s'asseoir directement à la table de jeu. Un par un, les sièges se remplirent. Les hommes étaient silencieux, concentrés.

Lorsqu'il ne resta plus qu'un siège vide, le rideau s'ouvrit sur le dernier invité. A sa vue, Cara sentit son cœur s'accélérer. L'homme était grand, mince, vêtu d'un smoking qui lui allait comme une seconde peau. Du sur mesure, elle en aurait juré. Ses cheveux étaient noirs et ses yeux d'un gris acier tel qu'elle n'en avait jamais vu. Sa mâchoire était forte, ses lèvres d'une sensualité presque cruelle.

Tout dans son comportement exprimait une morgue naturelle, comme s'il ne se souciait de rien ni de personne. Cara frémit, surprise par sa réaction face à un homme qu'elle n'avait jamais vu. Il ne lui était jamais arrivé de réagir ainsi avec James, son ex.

Lorsque le regard du nouveau venu se posa sur elle, il parut se faire plus glacial encore. Elle baissa les yeux, se maudissant intérieurement de l'avoir observé de manière aussi flagrante. Il allait sans doute s'imaginer qu'elle était l'une de ces filles qui travaillaient dans un casino dans l'espoir de harponner un homme riche. Pas la meilleure manière de débuter la soirée…

Elle sursauta en sentant une main se refermer sur son bras. Son sourire sournois aux lèvres, Bobby l'entraîna à l'écart et murmura :

— N'essaie pas de faire preuve de noblesse d'âme, Cara. Rappelle-toi la prime que je t'ai promise… Avec ça, tu pourras mettre ta petite famille à l'abri du besoin.

Puis il se pencha vers elle, tout en faisant glisser ses gros doigts sur son bras nu. Ce geste la fit frissonner de dégoût.

— L'homme à la cravate rouge s'appelle Brubaker. C'est

lui qui te donnera le signal. A ce moment-là, tu t'arranges pour qu'il ait la bonne carte, compris ?

— Oui.

Cara retourna vers la table, le cœur lourd. Après avoir exposé les règles à voix haute, elle entreprit de battre les cartes. Elle coupa, puis distribua.

L'homme aux yeux argentés était assis juste en face d'elle. Lorsqu'il ramassa son jeu, elle ne décela pas la moindre émotion traverser son visage, rien qui indiquât s'il était content, irrité ou déçu. Durant ses nombreux mois à Las Vegas, Cara avait vu défiler un nombre incalculable de joueurs amateurs ou professionnels. Tous trahissaient, à des degrés divers, leurs émotions. En tout cas, elle avait toujours été capable de dire si quelqu'un avait tiré une bonne main.

Mais cet homme était l'impassibilité même. Jusqu'au moment où, redressant la tête, il croisa son regard. Un sourire se dessina alors sur ses lèvres, puis ses yeux descendirent lentement sur son décolleté. Se sentant rougir, Cara se força à se concentrer sur les cartes.

Elle ne pouvait pas se laisser distraire. Ce soir, elle avait une mission. Et même si cela lui déplaisait, elle devait l'accomplir.

Jack referma son jeu et attendit la première mise. Il n'avait pas mis les pieds dans un casino depuis longtemps mais quand il avait appris que Bobby Gold venait d'en ouvrir un à Nice, il n'avait pas pu résister.

Ils se connaissaient de longue date et se détestaient cordialement. Bobby ne perdait jamais une occasion de railler les aristocrates britanniques, leur décadence et leur incapacité à gérer leur fortune. Jack savait que c'était une attaque indirecte contre son père ; et s'il était bien la dernière personne à prendre sa défense, il avait juste envie de donner une petite leçon à Bobby.

Il ne fréquentait quasiment pas les casinos, considérant

les marchés financiers comme un terrain de jeu beaucoup plus excitant. Les sommes étaient plus élevées, les défis permanents. Mais ce soir, c'était différent. Bobby et lui n'avaient joué au poker qu'une seule fois ensemble, longtemps auparavant. Bobby avait perdu. Et Jack avait bien l'intention de lui infliger une nouvelle correction, juste pour le plaisir de voir son visage porcin s'empourprer de colère.

Il retint un sourire de satisfaction. Il se savait doué au poker ; ce n'était pas de la prétention mais un fait. La moindre inflexion de sourcil, le moindre rictus nerveux, et il savait ce qui se passait dans la tête de ses adversaires. Autrefois, ce talent lui avait servi à prédire quand son père allait le frapper et lui avait permis de s'enfuir à temps.

Redressant la tête, il étudia la jeune croupière ; elle détourna aussitôt le regard. Quand il était arrivé et qu'il l'avait vue, vêtue de cet uniforme sexy en diable, sa bonne humeur s'était soudain réveillée. La soirée allait peut-être s'avérer plus intéressante que prévu !

Il avait continué à l'observer quand Bobby Gold l'avait prise à l'écart pour lui murmurer quelque chose à l'oreille. La fille avait semblé crispée, presque apeurée. Quand Gold lui avait caressé le bras, Jack avait été pris d'une surprenante d'envie d'aller lui coller son poing dans la figure.

Après quelques donnes, la jeune femme annonça une pause dans la partie. Les autres joueurs se levèrent et se dirigèrent vers le buffet dressé dans un coin de la pièce. Jack, pour sa part, préféra rester assis. Etirant ses jambes sous la table, il avala une gorgée d'eau.

La croupière, pendant ce temps, empilait des jetons avec une rapidité hypnotique. Ses doigts étaient longs et gracieux. Jack ne put s'empêcher de les imaginer sur son corps et fut aussitôt content d'avoir décidé de rester assis.

Un serveur s'approcha de lui, un plateau à la main.

— Désirez-vous une boisson, monsieur ?

Jack leva son verre d'eau, un sourire aux lèvres.

— J'ai ce qu'il faut, merci. Et vous ? demanda-t-il à la croupière.

Elle le dévisagea, ses yeux verts écarquillés. Elle était vraiment extraordinaire, de la racine de ses cheveux jais à ses jambes interminables. Sans parler de ses seins, à peine retenus par un décolleté indécent.

— Euh... Non merci, bredouilla-t-elle d'une voix rauque.

Elle paraissait presque timide, nota Jack avec surprise. Pourtant, elle avait tenu la partie d'une main de fer, n'hésitant pas à réprimander un joueur ou l'autre pour leur rappeler les règles. Il en fut intrigué.

— Je ne mords pas, vous savez.

De nouveau, elle baissa les yeux avant de les relever aussitôt, comme si elle se forçait à le regarder.

— Que vous mordiez ou pas n'est pas le problème. Je ne suis pas autorisée à accepter quoi que ce soit de la part des joueurs quand je suis en service.

— Vous n'avez qu'à dire que vous n'êtes pas en service le temps de la pause.

— Ça ne marche pas comme ça.

— Bon. Heureusement, vous allez finir votre service à un moment ou à un autre.

— Ecoutez, je ne vous connais pas, mais votre présence à cette table me dit que nous n'avons pas grand-chose en commun.

— Quelle drôle d'idée ! J'aime les cartes et vous les distribuez. Je dirais donc qu'au contraire, nous avons beaucoup en commun.

— Ce n'est pas ce dont je parle et vous le savez très bien. Contrairement à ces jetons, je ne suis pas en jeu.

Malgré lui, Jack se mit à rire. Cette fille avait du répondant et il aimait cela.

— Jack Wolfe, annonça-t-il en tendant la main.

Elle hésita, puis la serra le plus brièvement possible. Il sentit un picotement lui chatouiller la paume après ce fugitif contact.

— Cara Taylor.

— Je suis ravi de vous rencontrer, Cara Taylor.

Il vit une rougeur infuser sa peau laiteuse, grimper le

long de son cou pour envahir ses joues. Au même instant, les autres joueurs revinrent prendre place à la table.

Lorsqu'ils furent installés, Cara Taylor distribua une nouvelle main. Jack adorait regarder la danse de ses doigts sur les cartes. Elle avait l'air calme, sûre d'elle, en un saisissant contraste avec la fragilité qu'elle avait manifestée quelques minutes plus tôt. Cette jeune femme représentait une énigme qu'il avait bien l'intention de résoudre dès ce soir…

Car il ne doutait pas qu'elle lui succomberait. Aucune femme ne lui résistait. Son père, ce père qu'il détestait de tout son être, lui avait au moins légué cette aptitude.

Sur la table, la tension montait avec la valeur du pot. Jack vit son voisin pianoter des doigts sur le tapis vert. Il déduisit de ce réflexe nerveux que son adversaire avait un bon jeu, sans plus. Au même instant, il vit un infime sourire relever les lèvres du comte von Hofstein. Jack en éprouva un mépris mêlé de pitié : l'Allemand était trop arrogant, trop sûr de lui.

— Quatre cent mille euros, annonça von Hofstein avec un accent guttural.

Un murmure collectif parcourut la table. Les joueurs se couchèrent un par un. Jack, lui, poussa ses jetons.

— Quatre cents et je relance de cent.

Le comte plissa les yeux, avant d'avancer à son tour la somme équivalente vers le pot, au milieu de la table.

— Pour voir.

Jack sentit un flot d'adrénaline pulser dans ses veines. C'était le moment qu'il préférait, celui où il révélait la main gagnante. Il en oubliait presque, dans ces instants, les vieilles douleurs, les blessures mal cicatrisées.

Il ne pouvait pas perdre. Contrairement au comte, il n'était pas esclave de ses émotions. L'Allemand n'avait pas les bonnes cartes, c'était statistique.

Il jeta un coup d'œil à Cara Taylor et vit qu'elle souriait. Avait-elle fait la même déduction que lui ? Peut-être ce joli minois cachait-il un esprit mathématique.

D'un mouvement sec, Jack abattit son jeu. Le visage du comte se décomposa ; les yeux de la jeune croupière brillèrent.

— Quinte flush, annonça-t-elle. M. Wolfe l'emporte.

Cara distribuait, ramassait, empilait, œuvrait à faire monter le suspense et à garder les joueurs le plus longtemps possible. Un seul d'entre eux, à ce stade, avait quitté la table. Les autres restaient rivés au tapis vert, oublieux du monde. Brubaker, le pion de Bobby, mâchonnait la paille de son cocktail. Toutes les fois que Cara croisait son regard, il lui adressait un sourire lubrique.

Le jackpot atteignait des sommes vertigineuses. A mesure que les joueurs s'enhardissaient, les enjeux montaient. Jack Wolfe lançait ses jetons comme s'il s'agissait de billes sans valeur. Une belle pile s'entassait déjà devant lui. Cara n'aurait su dire comment il faisait, mais il était particulièrement doué. Cela renforça son opinion initiale d'avoir affaire à un professionnel, l'un de ces requins qui écumaient les casinos sans jamais être rassasié.

Elle crut d'abord qu'il comptait les cartes, mais comprit rapidement que ce n'était pas sa stratégie. Il était juste doué d'un esprit analytique. Il se couchait quand sa main n'était pas assez bonne, encore qu'elle le soupçonnait d'avoir bluffé à plusieurs reprises.

Il croisa son regard et lui adressa un clin d'œil. Cara rougit, le ventre subitement inondé d'un feu liquide. Elle se réprimanda intérieurement : allait-elle continuer longtemps à n'être attirée que par ce genre de profil masculin ? Son expérience avec James aurait pourtant dû la vacciner, lui qui était parti avec l'argent du loyer et toutes leurs économies. Elle avait depuis juré de ne plus succomber à un beau visage ou à un sourire charmeur.

Jack Wolfe était doté des deux, ainsi que d'un magnétisme irrésistible. Mais c'était aussi un homme qui devait dériver de casino en casino, vivant de ses gains et couchant avec une femme différente chaque nuit. Elle ne devait pas l'oublier.

Quelqu'un s'éclaircit la gorge, la ramenant à la réalité. Cara réalisa que le tour venait de se terminer.

— Messieurs, quinze minutes de pause, déclara-t-elle, furieuse de s'être abandonnée à ses rêveries.

Puis elle s'éloigna vers une porte marquée « Privé ». Elle avait besoin de quelques instants de calme. Mais elle n'avait pas encore posé un pied dans le local réservé aux employés qu'une voix se fit entendre juste derrière elle.

— Vous voulez un peu de compagnie ?

Cara pivota, stupéfaite. Seigneur, qu'il était séduisant ! Grand, ténébreux, Wolfe l'enveloppait d'une aura qui lui donna tout à coup l'impression d'avoir très chaud. Il lui rappelait un acteur, mais elle n'arrivait pas à savoir lequel. Cela faisait trop longtemps qu'elle n'avait pas regardé un film : douze heures de travail par jour ne lui permettaient pas ce genre de fantaisie.

— Les clients ne sont pas admis dans cette pièce, fit-elle valoir.

— Dans ce cas, restons dehors.

Un sourire moqueur releva les lèvres de Jack Wolfe. Cara se pétrifia, frappée d'une vision : il se penchait doucement vers elle, l'embrassait... Serait-il tendre, passionné ? Sans doute les deux, conclut-elle.

Elle souffla sur une mèche de cheveux qui lui tombait dans les yeux, affectant la plus grande décontraction. Pourtant, elle ne s'était jamais sentie aussi tendue de toute sa vie. En cet instant même, un filet de sueur lui coulait entre les seins. Et tout cela à cause d'un homme qu'elle n'avait jamais vu avant ce soir ! C'était incompréhensible.

— Je ne suis pas censée vous parler, monsieur Wolfe. J'ai un travail à accomplir et vous êtes un invité.

— Mais en tant qu'invité, mon plus grand plaisir est de vous parler.

— Seulement parce que vous pensez pouvoir me ramener chez vous.

Si elle avait espéré le déstabiliser, elle en fut pour ses frais. Le sourire de Jack Wolfe ne vacilla pas.

— Ah, voilà donc le fond du problème.

Il tendit son verre vide à un serveur qui passait, avant de reprendre :

— Appelez-moi Jack.

— Je ne préfère pas.

Cara mentait. Elle brûlait d'envie de prononcer son prénom. Elle s'imaginait le chuchoter dans une pièce sombre, leurs corps moites mêlés dans les affres de la passion. Elle se reprit aussitôt. Mais d'où lui venaient ces fantasmes ? se demanda-t-elle avec effroi.

— Le courant passe entre nous, reprit son interlocuteur avec un sourire félin. Je sais que vous le sentez.

— Vous vous trompez, *Jack*. Je veux seulement finir cette partie, rentrer chez moi et retirer cet uniforme…

Elle s'interrompit, les joues rouges de confusion. L'occasion était évidemment trop belle pour qu'il la laisse passer.

— Vous voyez, nous avons exactement le même but, murmura-t-il.

Le cœur de Cara battait à présent si fort qu'elle en avait presque des vertiges.

— Au moins, vous êtes honnête…

— Mais pas vous.

— Je reconnais que je vous trouve attirant, avoua-t-elle. Mais je ne vous connais pas et je n'ai pas pour habitude de rentrer chez moi avec des inconnus.

Cara se demanda si elle n'était pas un peu trop prude. Qu'y avait-il de mal, après tout, à une nuit de plaisir avec cet homme magnifique ? Bien sûr, elle allait être l'instrument de sa défaite à la table de jeu. Mais il n'était pas obligé de le savoir…

— Dans ce cas, nous devrions peut-être faire connaissance, proposa-t-il.

— Peut-être…

Son audace la surprit elle-même. Envisageait-elle

vraiment de rentrer avec lui ? Ou les flatteries d'un homme aussi séduisant lui faisaient-elles perdre la tête ?

Peu importait. Elle n'avait de toute façon pas vraiment l'intention de passer la nuit avec Jack Wolfe. Dès la partie finie, elle ferait sa valise et prendrait le premier vol pour La Nouvelle-Orléans. Sa conscience la démangeait, mais qu'y pouvait-elle ?

« C'est pour maman, Evie et Remy, songea-t-elle. C'est pour eux que je fais ça. »

Voyant Jack faire un pas en avant, elle le contourna avant qu'il puisse la toucher.

— La partie va reprendre, annonça-t-elle.

Elle s'éloigna sans lui laisser le temps de répondre. Depuis le bar, Bobby lui jeta un regard spéculatif, ses petits yeux brillant d'une lueur cruelle. Le cœur de Cara s'emballa de nouveau. Cette fois, Jack n'y était pour rien : elle savait que si elle ne faisait pas ce que lui avait demandé son employeur, l'argent serait bien le cadet de ses soucis…

2.

Sans Cara, Jack aurait abandonné la partie depuis longtemps tant le jeu en lui-même l'ennuyait. Tout lui paraissait trop facile. Et même s'il perdait, il regagnerait le double sur les marchés financiers.

De toute façon, il ne perdrait pas. Il ne perdait jamais. Les gens pensaient qu'il avait une chance innée, quand il s'agissait d'un simple talent qu'il avait développé pour survivre. Après la mort de son père et la désertion de ses frères aînés — Jacob d'abord, Lucas ensuite —, il avait dû prendre soin des cadets tout seul.

Dieu merci, il avait réussi à gagner assez d'argent pour les mettre à l'abri du besoin. Rien n'avait pu, en revanche, effacer les blessures infligées par William Wolfe ; Annabelle, son adorable sœur, en porterait les marques jusqu'à la fin de ses jours.

S'arrachant à ses ruminations, Jack se força à se concentrer sur la partie. Un million d'euros s'entassaient sous forme de jetons de plastique au milieu de la table. Le cheikh transpirait abondamment ; les sourcils de von Hofstein formaient un V inquiet au-dessus de son nez d'aigle. Même Cara paraissait pensive. Elle se mordillait la lèvre, cette lèvre rouge comme un fruit qu'il brûlait d'envie d'embrasser. Ses doigts, si agiles d'ordinaire, tremblaient.

Jack plissa le front, saisi d'un drôle de pressentiment. A l'autre bout de la table, un joueur vêtu d'un costume trop large et d'une cravate rouge dévisageait Cara avec attention, comme s'il essayait de lui faire passer un message télépathique. Elle tourna alors la tête vers lui. Elle paraissait hésitante ; son beau visage avait blêmi.

— Monsieur ?

Jack mit quelques secondes à comprendre que c'était à lui qu'elle s'adressait. Parce qu'il en avait assez de cette salle confinée, parce qu'il voulait parler à Cara dans un cadre plus romantique, il poussa ses jetons au centre de la table. Il n'était là que pour quelques jours avant de rentrer à Londres pour le mariage de Nathaniel : il n'avait pas l'intention de perdre plus de son précieux temps dans un casino.

— Je veux voir.

L'homme à la cravate rouge, le seul qui ne s'était pas couché, exposa ses cartes avec un rictus satisfait.

— Full aux rois, annonça-t-il.

Jack se contenta de hocher la tête.

— C'est excellent.

Puis il abattit ses cartes une par une. Dix. Dix. Dix.

L'autre se mit à transpirer. Quand Jack retourna un deux de cœur, Cravate Rouge soupira d'aise et tendit la main vers le pot.

— Pas si vite, fit Jack en retournant la dernière carte.

L'homme se pétrifia en la voyant. Le comte, pour sa part, ouvrit de grands yeux.

— *Mein lieber Gott.*

Cara Taylor regarda la dernière carte et sourit. Mais ce sourire vacilla comme elle annonçait :

— Carré de dix. M. Wolfe l'emporte.

Jack se leva. Il ne ressentait ni plaisir, ni excitation. Il avait fini de jouer, voilà tout.

— Si vous voulez bien m'excuser, messieurs, il est temps pour moi de prendre congé.

Cara rassembla les cartes en tremblant, sous le regard furieux de Cravate Rouge ; ce dernier se retourna ensuite en direction du bar. Jack sentit un frisson lui parcourir l'échine, alarmé. Quelque chose lui échappait, mais il aurait juré que Bobby Gold ne mijotait rien de bon.

Comme pour confirmer ce soupçon, ce dernier murmura quelques mots au videur posté près de la porte. Le gorille s'approcha de la table et la contourna pour dire à son tour quelque chose à l'oreille de Cara. Puis il referma ses gros doigts sur son bras et l'entraîna vers le fond de la pièce tandis qu'une autre croupière, une blonde siliconée, apparaissait pour prendre sa place.

— Messieurs, fit-elle d'une voix sucrée, M. Gold aimerait vous offrir cinquante mille euros à chacun pour rester en jeu.

Jack se raidit en voyant Cara disparaître derrière une tenture. Il savait reconnaître la peur sur un visage : il l'avait vue plus d'une fois depuis son enfance. Pas question de rester assis sans rien faire. Il avait peut-être échoué à protéger ses frères et sœur de la folie de leur père, mais il ne laisserait personne faire de mal à Cara Taylor.

Cara posa une main sur sa joue brûlante, à l'endroit où son patron l'avait giflée. Du sang coulait de sa lèvre, fendue par la chevalière de Bobby. Il l'avait laissée assise sur une chaise, dans ce cagibi sans fenêtre. Elle se maudit intérieurement de ne pas avoir obéi.

Cela avait été plus fort qu'elle. Quand elle avait vu tous les jetons empilés au milieu de la table, elle avait compris qu'elle ne pourrait pas tricher. Sa mère aurait eu honte d'elle, et elle-même s'en serait voulu jusqu'à la fin de ses jours. Aujourd'hui, il ne lui restait que son intégrité, pourquoi la brader ?

Ces beaux principes, en cet instant, lui paraissaient bien lointains. Bobby avait hurlé, l'avait frappée et enfermée. Elle ne savait pas ce qui allait se passer, mais ce ne serait sûrement pas agréable.

La tête dans les mains, elle attendit. Bobby était mauvais, mais elle ne pensait pas que sa vie était en danger. Une fois sa colère passée, il la laisserait peut-être reprendre une table. Elle était douée, sans doute la meilleure de ses employés, et…

Un ricanement ironique lui échappa. Elle rêvait, bien sûr. C'était impossible, elle le savait. Jamais Bobby ne laisserait passer un tel affront. Mais elle ne pouvait s'empêcher d'espérer un dénouement positif. Si son patron se contentait de la renvoyer, elle rentrerait chez elle. Elle repartirait de zéro, ce ne serait pas la première fois.

Elle se redressa en entendant la porte s'ouvrir. Elle s'était attendue à voir entrer Bobby et se figea en reconnaissant le nouveau venu.

— Qu'est-ce que vous faites là ? Partez avant que Bobby vous surprenne !

Le regard de Jack la balaya tel un faisceau laser. Sa mâchoire se durcit lorsqu'il avisa le sang séché au coin de ses lèvres.

— Gold ne me fait pas peur. C'est lui qui vous a frappée ?

Cara pâlit, paniquée. Si Bobby la découvrait en compagnie d'un joueur professionnel, il allait aussitôt s'imaginer qu'ils étaient complices !

— Je me fiche que vous ayez peur de lui ou non, je peux me débrouiller seule. Sortez d'ici maintenant !

— Il vous a frappée ? répéta Jack.

— Je vous dis que ça ne vous regarde pas. Partez !

— Je ne peux pas, Cara.

Son visage était sombre, plus menaçant encore que celui de Bobby dans ses pires moments.

— Je vous en prie… J'apprécie votre sollicitude mais tout ira bien.

— Permettez-moi d'en douter.

Il n'eut pas le temps de terminer sa phrase. La porte se rouvrit sur deux gorilles, suivis de Bobby en personne. S'il fut surpris de trouver Jack dans la pièce, il n'en montra rien. Il parut même ravi.

— Ça alors… Jack Wolfe en personne ! Tu as le béguin pour notre petite Cara ? Ça se comprendrait, elle est ravissante, non ?

— Va au diable, Bobby !

— Je suis au regret de t'informer que tu ne repartiras pas avec ton jackpot. Il est dommage que tu aies triché. Tu as rencontré Cara et tu l'as convaincue de coopérer, c'est ça ?

— Ce n'est pas vrai ! s'exclama-t-elle. Nous ne nous connaissions pas avant ce soir.

Bobby l'agrippa soudain par les cheveux.

— La ferme !

Il leva la main pour la gifler de nouveau. Cara ferma les yeux mais le coup redouté n'arriva pas. Au lieu de cela, il y eut un choc sourd suivi d'un cri. Lorsqu'elle rouvrit les paupières, Bobby était plié en deux, le nez en sang. Ses gardes du corps contenaient à grand-peine Jack, qui se débattait furieusement.

— Tu vas regretter ça, Gold.

Bobby se redressa lentement, tremblant de rage.

— Oh non. C'est toi qui vas le regretter…

Jack prit une inspiration et mille douleurs lui traversèrent le corps. C'était à croire qu'un éléphant s'était assis sur lui. Même ses yeux lui faisaient mal. Il ne se rappelait plus rien à partir du moment où les deux gorilles de Gold avaient commencé à le tabasser. Il avait résisté, en avait mis un au tapis. Après, tout était noir.

Il comprit qu'il se trouvait dans un véhicule en marche. Il devait ouvrir les yeux, malgré la douleur, essayer de déterminer où on l'emmenait.

Il souleva une paupière après l'autre. La route défilait devant lui, dans le halo glacé de phares au xénon. Il était assis du côté passager. Le tableau de bord lui était vaguement familier, le feulement du moteur aussi.

Avec précaution, il tourna la tête. La première chose qu'il vit fut le profil déterminé de Cara Taylor. Il lui fallut quelques secondes pour se rendre compte qu'elle conduisait.

— Comment…, marmonna-t-il.

Il ne put en dire plus. En l'entendant, Cara tourna vivement la tête vers lui, avant de reporter son attention sur la route.

— Je vous avais dit de vous mêler de vos affaires, maugréa-t-elle. J'aurais pu tout arranger. Rien de tout cela ne serait arrivé.

Jack essaya de rire mais ne parvint qu'à grimacer. Il avait l'impression de s'être battu avec un train.

— Vous n'auriez rien arrangé du tout, ma jolie. A cause de vous, Gold a raté son coup. Il a sans doute perdu beaucoup.

Jack n'avait pas mis longtemps à comprendre ce qui s'était tramé dans son dos, et le message que l'homme à la cravate rouge avait essayé de faire passer à Cara. Il s'en voulait même de ne pas avoir deviné plus tôt. Peut-être, à sa façon, était-il aussi arrogant que le comte von Hofstein ! Il s'était concentré sur les cartes et les autres joueurs, mais il avait oublié d'analyser la situation de façon plus globale. S'il l'avait fait, il aurait perçu la tension entre Cravate Rouge et Cara.

— Qu'est-ce qui vous fait dire que je n'aurais pas pu régler la situation ? demanda-t-elle.

— Je connais bien Bobby Gold.

— Avec votre mode de vie, ça n'a rien d'étonnant.

Jack pivota vers elle, réprimant un grognement de douleur.

— Mon mode de vie ?

— Vous êtes bien un joueur professionnel, non ?

Malgré le mal, il se mit à rire.

— On peut dire ça, oui. Comment avez-vous fait pour nous sortir de là ?

— Quand vous vous êtes évanoui, Bobby a dit qu'il allait revenir finir le travail. J'ai jugé prudent de ne pas attendre son retour.

— Nous sommes dans ma voiture, fit Jack avec un froncement de sourcils.

— Oui, le voiturier me l'a donnée. Il m'a aidée à vous

transporter. J'ai prétendu que vous étiez ivre mort et que je devais vous raccompagner.

Jack hocha la tête, impressionné. Décidément, cette fille avait de la ressource. Si elle ne l'avait pas sorti de ce mauvais pas, Dieu seul savait ce que Bobby aurait fait.

— Où allons-nous ?

— A l'hôpital. Mais je voulais d'abord quitter Nice : Bobby connaît du monde ici.

Jack eut un sourire crispé. Lui aussi connaissait du monde. Un coup de fil, et Bobby Gold ne pourrait plus sortir de chez lui pendant un mois.

— Je n'ai pas besoin d'aller à l'hôpital. J'ai des bleus mais rien de cassé.

— Comment le savez-vous ?

— Faites-moi confiance.

Jack avait vu assez d'hématomes, sur ses frères et sa sœur, pour savoir de quoi il parlait.

— Vous pourriez avoir un traumatisme. Ou une hémorragie interne.

— J'en doute.

Cara soupira, visiblement irritée.

— Y a-t-il quoi que ce soit que vous ne sachiez pas ?

— En cherchant bien, il doit y avoir une chose ou deux.

Sa conductrice ne parut guère amusée.

— Si vous ne vous étiez pas mêlé de tout ça, j'aurais persuadé Bobby de me pardonner et de me redonner mon travail.

— Vous êtes incroyablement naïve, Cara. Vous lui avez coûté un million. Vous croyez qu'il va oublier ça ?

— Je… je lui aurais expliqué…

— Expliqué quoi ? Que vous êtes honnête ?

— Exactement.

— Il est persuadé que nous sommes de mèche et rien ne le fera changer d'avis. D'ailleurs, pourquoi travaillez-vous pour un type tel que Bobby Gold si vous êtes honnête ?

— Venant d'un joueur professionnel, la question est ironique.

— Vous êtes douée, répondit Jack sans relever la pique. Vous pourriez sans doute faire mille autres choses.

— Comme par exemple ?

— Travailler dans la finance.

— Je n'ai pas fait d'études. A moi de vous poser des questions. Pourquoi passez-vous votre vie à jouer ?

Jack songea à la détromper, mais il trouvait amusant d'être considéré comme un type qui écumait les casinos. En général, les femmes étaient attirées par son succès et son argent. Il était rafraîchissant d'en trouver une qui le prenait pour un moins-que-rien.

— J'aime le risque, déclara-t-il.

Au moins, ce n'était pas un mensonge. Il passait parfois deux jours sans dormir, passant d'un marché à l'autre. Gagner de l'argent était facile. C'était une chose qu'il contrôlait, contrairement aux traumatismes divers qui avaient accablé ses années de jeunesse.

— Moi, je n'aime pas ça, répliqua Cara. J'aime donner les cartes et jouer avec les statistiques. Mais je n'ai rien à perdre.

— Sauf ce soir.

Cara haussa les épaules, puis jeta un œil au tableau de bord.

— Nous n'avons presque plus d'essence et je n'ai pas d'argent.

— Ne vous en faites pas, j'ai ce qu'il faut.

Le silence retomba, seulement troublé par le ronronnement du moteur. Après quelques minutes, la jeune femme reprit :

— Vous jouiez pour quelqu'un ce soir ?

— Non.

— Alors vous avez perdu beaucoup d'argent en venant me chercher. Vous devez le regretter.

— C'est juste de l'argent.

— Bien sûr… Personne ne compte sur vous pour avoir de quoi manger et un toit sous lequel dormir.

Ses employés ne seraient sûrement pas d'accord avec

une telle affirmation mais une nouvelle fois, Jack laissa passer.

— Je veux dire que les gens sont plus importants que l'argent, affirma-t-il. Vous étiez en danger, je n'ai pas hésité une seconde.

— Je n'avais pas besoin de vous. Vous avez perdu un million pour rien.

— Si vous n'aviez pas d'ennuis, pourquoi conduisez-vous si vite ?

Comme pour illustrer son propos, ils passèrent à pleine vitesse sur un ralentisseur. Le choc arracha un grognement à Jack. Cara leva le pied, l'air inquiet.

— Vous avez besoin d'un médecin.

— Non. Gold doit être à nos trousses et mes hommes mettraient trop longtemps à arriver. Roulez.

Bobby avait beau avoir gardé son million, il n'était pas du genre à laisser un affront impuni. Il ferait payer Cara s'il parvenait à lui mettre la main dessus. Quitter Nice était la seule solution. Puisque l'aéroport était fermé à cette heure, et que son jet privé était dans un hangar à Londres, la voiture restait leur seule option.

De toute façon, il avait eu l'intention de conduire plutôt que de prendre l'avion pour se rendre au mariage de Nathaniel. Il avait besoin de réfléchir. C'était la première fois que tous les Wolfe allaient être réunis au même endroit depuis presque vingt ans. Jack n'était pas sûr de ce qu'il éprouvait à cette perspective, et plus particulièrement à l'idée de revoir Jacob.

Jacob, le grand frère qu'il avait idolâtré.

Jacob qui les avait trahis et abandonnés sans explication…

— Vous n'êtes pas en état de passer la nuit en voiture, fit valoir Cara. Un hôpital…

— Roulez, coupa-t-il sèchement.

Il s'attendait à ce qu'elle proteste, mais elle se contenta de hausser les épaules.

— Comme vous voulez. Où voulez-vous aller ?

La question n'était pas où il voulait aller mais où il *devait* aller.

— En Angleterre.

3.

Il était plus de 2 heures du matin lorsqu'ils atteignirent la banlieue de Lyon. Epuisée, Cara se mit à guetter le premier hôtel en bordure d'autoroute. Lorsqu'il apparut, elle alla se garer sur le parking. Jack dormait à côté d'elle, le visage crispé. Elle profita de ce répit pour l'étudier.

Les hommes de main de Bobby l'avaient frappé sans pitié mais avaient, dans l'ensemble, épargné son visage. Si l'on exceptait une auréole violacée autour d'un œil, il paraissait normal. Il était difficile de diagnostiquer de visu son état physique. Il affirmait n'avoir que des bleus, mais comment pouvait-il en être sûr ?

Tandis qu'elle l'observait, Cara fut prise d'une inexplicable envie de caresser sa joue ombrée d'un début de barbe. Il était vraiment d'une beauté à couper le souffle.

Elle se morigéna aussitôt : pourquoi s'abandonner à de tels fantasmes ? Jack Wolfe ne lui attirerait que des ennuis, aussi séduisant soit-il. Elle était fermement décidée à le quitter à Lyon. Après l'avoir convaincu d'aller voir un médecin, bien sûr.

L'idée de le laisser lui serra le cœur ; pourtant, elle réprima aussitôt cette étrange émotion. Elle se moquait bien de ne plus jamais le revoir.

— Jack, fit-elle doucement.

Il ouvrit aussitôt les yeux.

— Où sommes-nous ?

— A Lyon. Je suis trop fatiguée pour aller plus loin. Je pensais que nous pourrions nous arrêter pour la nuit.

Si vous pouviez m'avancer l'argent pour ma chambre, je vous rembourserais dès que possible. Mon portefeuille et mon passeport sont restés au casino.

— Nous ne prendrons qu'une chambre, déclara Jack.

Elle s'apprêtait à protester ; il l'interrompit d'un geste.

— C'est plus sûr. Si Bobby est à nos trousses, mieux vaut rester ensemble.

Cara savait qu'il avait raison. Lorsqu'elle alla réserver la chambre, elle prit cependant grand soin de réclamer des lits jumeaux. Une fois en possession de la clé, elle revint chercher Jack à la voiture. Il dut prendre appui sur elle pour marcher — une promiscuité dont elle se serait volontiers passée.

— Désolé, murmura-t-il en se laissant aller contre elle, tandis qu'elle glissait la clé dans la serrure.

Cara frémit en sentant son visage contre ses cheveux. Son pouls s'emballa tel un cheval au galop.

— Vous sentez délicieusement bon, ajouta-t-il.

— Merci, mais vous n'arriverez pas à vos fins avec des compliments.

— Je vous assure, princesse, que vous n'avez rien à craindre de moi. Même si je brûle d'envie de vous faire l'amour, je ne suis pas en état.

Ignorant délibérément la chaleur qui pulsait entre ses cuisses, Cara poussa le battant. Aussitôt, elle se rendit compte de l'erreur commise par le réceptionniste : la chambre n'était équipée que d'un lit double…

Elle songea un instant à retourner protester, mais l'ampleur de la tâche, à cette heure de la nuit et vu l'état de Jack, l'en dissuada. Elle le guida donc jusqu'au lit, sur lequel il s'assit lourdement. Elle n'aurait d'autre choix que de dormir par terre.

— Un bain chaud vous ferait du bien.

— Vous pourriez aussi m'aider à me laver ? suggéra son compagnon, levant un sourcil suggestif.

— N'y comptez pas. Je vais tout vous préparer.

— Vous oubliez un détail : je ne suis pas en état de me déshabiller ou de rentrer dans la baignoire sans aide.

Cara sentit son visage s'enflammer, tandis qu'une nouvelle onde brûlante lui parcourait tout le corps. Il avait raison, bien sûr. Elle n'avait pas pensé à ce point. Pouvait-elle refuser ? Elle savait qu'un bain apaiserait ses douleurs.

— Très bien, concéda-t-elle.

Déjà, il avait déboutonné son col et retiré ses boutons de manchette. Cara lui ôta sa veste, fermant son esprit au potentiel érotique de la situation. Assis sur le lit, Jack avait presque le visage à hauteur de ses seins, ce qui compliquait singulièrement sa tâche…

— Vous sentez vraiment très bon.

— C'est juste du savon.

— Un délicieux savon, alors.

— Vous êtes un beau parleur, Jack Wolfe. Mais croyez-moi, j'ai tout entendu dans ma vie.

Elle tira sa chemise de son pantalon et la fit passer par-dessus sa tête. Elle se figea un court instant en avisant son torse musclé, ses abdominaux impeccablement dessinés et la pilosité qui disparaissait sous la ceinture de son pantalon. Sous son smoking, il était aussi sexy qu'elle se l'était imaginé.

Concentre-toi, Cara !

Quelques hématomes fleurissaient déjà sur ses côtes, atténués par le hâle de sa peau. Cara savait qu'ils s'assombriraient au fil des heures. Mais Jack ne semblait pas gravement touché.

— Si je me sentais mieux, je prendrais la façon dont vous me regardez pour une avance…

Elle releva aussitôt les yeux, embarrassée.

— N'allez pas vous faire des idées. Je regardais vos bleus, rien de plus.

— Je vous ai déjà dit que ce n'était rien de grave. Ça aurait pu être pire.

Mais Cara avait la gorge serrée. C'était à cause d'elle

qu'il était dans cet état, parce qu'il s'était mis en tête de la tirer des griffes de Bobby. Cela la rendait triste et furieuse à la fois.

— Je ne vois pas comment ça pourrait être pire, marmonna-t-elle.

— Oh si, faites-moi confiance.

— Vous êtes habitué à prendre des coups ? plaisanta-t-elle.

Elle regretta aussitôt sa question en voyant le visage de Jack se fermer. Sa mâchoire se durcit, comme taillée dans un bloc de granit. Un voile semblait avoir recouvert ses yeux, d'ordinaire si animés.

— Oubliez ma question, reprit-elle.

Jack leva un doigt pour le poser sur sa lèvre inférieure. Cara voulut se reculer, mais elle était paralysée. Aucun de ses muscles ne lui obéissait plus.

— Vous avez peur de la réponse, princesse ?

— Je…

Cara ne savait que répondre. Quelque chose lui soufflait qu'elle avait franchi une ligne invisible et qu'il serait désormais impossible de faire machine arrière.

— Je vais faire couler votre bain.

C'était une meilleure idée que de rester là, à laisser un quasi-inconnu la toucher ! Car les émotions que Jack Wolfe éveillait en elle étaient d'une violence inédite. Or, elle n'avait pas besoin d'un homme dans sa vie, encore moins d'un joueur professionnel. Elle devait absolument reprendre la route, seule, avant que ses hormones ne la trahissent.

Le doigt de Jack effleurait à présent la coupure que Bobby lui avait faite à la lèvre.

— Ça fait mal ? demanda-t-il, comme elle ne bougeait toujours pas.

Elle haussa les épaules.

— Juste un peu.

— Il vous avait déjà frappée ?

— Non. C'est la première fois. Je n'aime pas Bobby,

mais il ne m'avait jamais touchée. Et il payait bien. Sans parler du bonus que je devais encaisser ce soir.

— Et que vous ne verrez jamais…

— Je suppose que non.

Cara baissa les yeux. Sa mère et Remy s'en sortiraient malgré tout : elle trouverait un autre travail et leur enverrait de l'argent. Evie les aidait aussi de son côté. Tout irait bien, se répéta-t-elle comme un mantra.

Enfin, elle trouva la force de faire un pas en arrière, hors de portée de Jack. Les épaules légèrement voûtées, il évoquait un ange ténébreux tout juste tombé du ciel. S'il n'avait pas été blessé, Cara soupçonnait qu'elle se serait jetée sur lui. En cet instant, elle l'imaginait en train de la pénétrer, de la posséder entièrement.

— Vous êtes cruelle, Cara Taylor.

— Cruelle, moi ? Je vous ai sauvé la mise. J'aurais pu vous laisser aux mains de Bobby.

— J'aurais trouvé ça plus facile que d'être lorgné comme si j'étais un appétissant gâteau. Vous avez envie de me croquer, Cara ?

Seigneur !… Elle rougit mais parvint à ne pas détourner le regard.

— Vous êtes très séduisant, répondit-elle le plus froidement possible. Et vous le savez très bien. Mais ça ne veut pas dire que je vais vous tomber dans les bras.

— D'accord. Mais vous pourriez au moins retirer quelques vêtements. Si vous avez le droit de regarder, j'aimerais pouvoir le faire aussi.

— Que voulez-vous, la vie est parfois injuste !

De nouveau, elle crut voir le regard de Jack s'assombrir. Elle aurait voulu savoir ce qui le troublait, quels souvenirs pouvaient l'affecter à ce point. Y avait-il une femme derrière tout cela ? Contre toute attente, l'idée lui serra l'estomac.

— Et si vous faisiez couler ce bain ? demanda-t-il après quelques instants.

Cara songea qu'elle devait dire quelque chose, mais rien d'intelligent ne lui vint. Elle obéit donc, se demandant ce qui l'empêchait, elle d'ordinaire si loquace, d'aligner deux phrases cohérentes. Ce n'était pourtant pas la première fois qu'elle était la proie d'avances insistantes de la part d'un client. Elle s'y prenait en général à merveille pour les repousser sans les vexer. Pourquoi ne faisait-elle pas la même chose avec Jack Wolfe ?

Quand elle regagna la chambre, il était parvenu à se lever tout seul. Il avait débouclé sa ceinture ; son pantalon ouvert reposait seulement sur ses hanches. Cara déglutit, consciente de se comporter en vierge effarouchée. Elle devait se ressaisir, prouver qu'elle était en pleine possession de ses moyens.

— Vous avez besoin d'aide ? demanda-t-elle, espérant qu'il allait dire non.

Pour une fois, Jack eut le bon goût de paraître embarrassé.

— J'ai du mal à retirer mon pantalon. Je ne peux pas me pencher.

Cara songea à son amie Lee Ann. Cette dernière travaillait à l'hôpital et lui avait maintes fois affirmé que voir un homme nu n'avait rien d'embarrassant : on s'y habituait. Cara décida d'adopter la même approche professionnelle. Jack n'était qu'un patient qu'elle devait aider à prendre un bain.

Avec détermination, elle fit descendre son pantalon sur ses chevilles. Il était maintenant presque nu, à l'exception d'un caleçon noir moulant. Cara passa deux doigts sous l'élastique.

— Je dois vous prévenir, fit-il en plongeant son regard dans le sien, que cette partie de mon anatomie fonctionne parfaitement, et que je ne suis pas insensible au fait d'être déshabillé par une aussi belle femme que vous.

Cara humecta ses lèvres desséchées. Les yeux de Jack s'assombrirent en suivant le mouvement de sa langue.

— C'est noté, répondit-elle d'une voix rauque.

Résolument, elle lui ôta son caleçon avant de se redresser,

prenant grand soin de ne pas regarder en direction de son bas-ventre.

— Je viens malencontreusement de plonger les yeux dans votre décolleté, lui apprit-il. Et ça n'a pas arrangé mon problème…

— Vous n'êtes pas en état de flirter.

— Vérifiez par vous-même.

Cette fois, elle ne put résister. Elle baissa les yeux et retint un gémissement. Sa virilité ainsi déployée, il était magnifique.

— Le spectacle vous plaît ?

— Ça n'a aucune importance. Vous êtes couvert de bleus, vous ne pouvez rien faire.

— Moi non. Vous, en revanche…

Cara avait les oreilles en feu. Pas parce qu'elle était embarrassée mais bien parce qu'elle avait très envie de lui donner satisfaction. Il suffisait de se mettre à genoux, de le prendre dans sa bouche et…

— N'y pensez même pas ! Je ne suis pas une fille facile, Jack Wolfe. Et si nous sommes ici, c'est simplement que je vous ai pris en pitié et que je n'ai pas pu vous abandonner, rien de plus.

— Dommage…

— Allez, renchérit-elle en lui passant un bras autour de la taille, votre bain vous attend.

Non sans mal — et non sans s'éclabousser copieusement au passage —, elle parvint à l'installer dans la baignoire. Avec un grognement, Jack étendit ses longues jambes du mieux qu'il put.

— Bon sang, ça fait mal…

— Je suis désolée.

— Ne vous inquiétez pas. Vous pourrez me consoler quand j'irai mieux.

Cara tiqua. Quand il irait mieux ? Elle n'avait aucune intention d'être dans les parages à ce moment-là.

— Vous ne renoncez jamais, n'est-ce pas ? grommela-t-elle en prenant une serviette.

— Princesse, même si j'étais mort, j'aurais encore envie de vous.

— Charmant… Je serai dans la chambre. Appelez si vous avez besoin de moi.

De retour dans la pièce voisine, Cara se débarrassa de ses vêtements trempés, qu'elle mit à sécher sur une chaise. Puis elle s'enveloppa dans la serviette avant de s'allonger sur le lit. Télécommande en main, elle alluma la télévision, zappant de chaîne en chaîne sans qu'un programme retienne son attention. Elle se surprit à regarder à plusieurs reprises le téléphone de Jack, posé sur la table de chevet.

C'était la fin de la journée en Louisiane… Sautant du lit, elle passa la tête par la porte de la salle de bains.

— Jack ?

— Hmm ?

— Est-ce que je peux passer un coup de fil aux Etats-Unis depuis votre téléphone ? Je vous rembourserai.

La main sur le rebord de la baignoire, Jack leva deux doigts paresseux.

— Allez-y.

— Merci. Vous n'avez besoin de rien ?

— Rien que vous soyez disposée à me donner.

Secouant la tête, Cara reprit place sur le lit. Quelques secondes plus tard, la voix de sa mère se fit entendre à l'autre bout de la ligne. Sans raison, elle en eut les larmes aux yeux.

— Maman, c'est moi.

La conversation fut brève mais lorsque Cara raccrocha, elle se sentait mieux. Remy allait bien, l'argent qu'elle avait envoyé permettrait de payer ses soins jusqu'à la fin du mois. Evie, quant à elle, avait trouvé un travail de secrétaire et l'assurance était réglée pour un trimestre. Si sa famille n'était pas encore à l'abri du besoin, il n'y avait en tout cas pas de péril immédiat.

Evidemment, sans le bonus promis par Bobby, elle devrait retrouver un travail, et vite. Mais c'était peut-être mieux ainsi : sa mère n'aurait jamais voulu de cet argent si elle avait eu connaissance de sa provenance.

Avec un soupir, elle s'arracha de nouveau au confort du lit pour aller trouver Jack. Il ouvrit les yeux quand elle entra dans la salle de bains.

— Comment vous sentez-vous ?

— J'ai mal partout. Aidez-moi à sortir, si vous voulez bien.

Il se redressa, ce qui permit à Cara de glisser un bras sous ses aisselles. De sa main libre, elle lui tendit une serviette, s'efforçant une nouvelle fois de ne pas baisser les yeux.

— Pourquoi êtes-vous encore là ? demanda-t-il.

La question prit Cara de court.

— Parce que vous êtes trop têtu pour aller à l'hôpital, et que je me sentirais coupable s'il vous arrivait quelque chose.

— Et si j'allais à l'hôpital, vous partiriez ?

— Oui, répondit-elle après une hésitation.

— Excellente raison pour que je ne le fasse pas, alors.

— Jack !

— Et si vous partiez, où iriez-vous ? D'où venez-vous, Cara Taylor ?

— La Nouvelle-Orléans, déclara-t-elle en l'aidant à s'asseoir sur le lit.

— Une bien belle ville.

— Dont vous avez visité le casino, je suppose ?

— Bien sûr. Mais pourquoi ne travaillez-vous pas là-bas ? C'est plus sûr que d'être au service d'un type comme Bobby Gold.

Cara hésita un court instant. Elle ne voulait pas lui avouer qu'elle se sentait à l'étroit en Louisiane, qu'elle voulait voyager, découvrir le monde. Dès son plus jeune âge, elle avait rêvé de s'échapper. Mais cela sonnait puéril.

— Il y a davantage d'argent à gagner à Las Vegas dans mon métier. Reposez-vous, à présent.

— Et où comptez-vous dormir ?

— Par terre.

Avec une vivacité surprenante pour son état, il la retint lorsqu'elle fit mine de s'éloigner.

— Ne soyez pas ridicule. Ce sera trop inconfortable.

— Je survivrai.

— Le lit est assez grand pour deux.

Cara retint un éclat de rire narquois. Elle n'était pas sûre que la *chambre* soit assez grande pour deux !

— Je risquerais de vous donner un coup dans les côtes en dormant.

— J'apprécie votre sollicitude. Mais je ne crois pas que ce soit la raison de votre réticence.

— Bien sûr que si.

— Venez vous coucher, Cara. Je mettrai un oreiller entre nous si vous préférez. Pour protéger mes côtes, ajouta Jack avec ironie.

Cara se mâchonna la lèvre, indécise. Elle était épuisée, et le matelas était plus tentant que le carrelage. De plus, elle se sentirait sans doute beaucoup mieux après une bonne nuit de sommeil. Elle serait alors plus à même de songer à l'avenir, ou de trouver un moyen de rentrer à Nice pour récupérer son passeport.

— Très bien, fit-elle dans un soupir. Mais si vous vous avisez de me toucher, je vous colle un second œil au beurre noir, compris ?

4.

Jack dormit par à-coups. Ses blessures le lançaient, mais ce fut surtout la présence de Cara qui l'arracha à plusieurs reprises au sommeil. Elle était là, à quelques centimètres à peine ; il n'avait qu'à tendre la main pour la toucher. Il avait envie de la serrer contre lui, de se sentir proche de quelqu'un.

Ses cauchemars ne l'avaient pas troublé depuis des années, mais ils semblaient faire un retour en force. Cette nuit, les mêmes images l'avaient hanté sans relâche. Son père les aidait à construire une cabane dans les arbres en riant, puis explosait dans la seconde qui suivait. Sa colère tombait sur ses frères et sœur comme un déluge de feu. La cabane était détruite, les pleurs et les cris emplissaient l'air.

Il avait revécu ces moments chaque fois qu'il avait fermé les yeux. Il n'y avait pas à en chercher bien loin la raison : la perspective de revoir Jacob au mariage de Nathaniel. Jacob, le frère tant aimé qui les avait trahis…

Avec une grimace de douleur, il s'assit et mit les pieds par terre. Aussitôt, Cara se redressa.

— Qu'est-ce que vous faites ?

— J'ai soif.

— Ne bougez pas. Je vais vous chercher à boire.

Jack détestait dépendre de quelqu'un. Il détestait qu'elle ait dû le déshabiller alors que cela n'avait pas été par simple plaisir. Mais il la laissa se lever et la regarda ouvrir le minibar. Lorsqu'elle se pencha, la lumière du petit réfrigérateur éclaira ses jambes nues et la courbe de ses fesses sous la serviette dont elle était enveloppée. Malgré ses divers hématomes, Jack sentit son corps s'éveiller au plaisir.

— Il y a de l'eau, du jus d'orange, du soda…

— De l'eau, ça ira très bien.

Elle lui servit un verre, qu'il but tout en l'étudiant dans la pâle lumière du matin.

— Comment vous sentez-vous ?

— Comme si j'étais passé sous un train.

— Je dois vous laisser, déclara abruptement la jeune femme. Je dois récupérer mon passeport et mon argent.

A l'idée de la voir partir, Jack éprouva un drôle de pincement de cœur.

— C'est trop dangereux. Tenez-vous à l'écart de Gold.

— Et comment vais-je rentrer chez moi sans mes papiers ? C'est ridicule. Je ne vais pas passer ma vie à fuir Bobby Gold. J'irai le voir avec des amis, il n'osera rien faire.

Jack ne put s'empêcher de rire, en dépit de la douleur qui lui vrillait les côtes. Cara croisa les bras d'un air furieux, ce qui eut pour effet de remonter un peu la serviette sur ses cuisses. A contrecœur, Jack détourna le regard.

— Ne retournez pas à Nice, c'est tout ce que je peux vous dire.

— Je ne vous appartiens pas, Jack. Vous n'avez pas à me dire quoi faire.

— J'essaie juste de vous protéger.

A sa grande surprise, cela ne fit qu'irriter Cara davantage.

— De me protéger ? Si vous n'aviez pas déboulé comme le Cavalier Solitaire, je serais déjà sur le chemin du retour. Je n'ai pas besoin de votre aide. Je me porte même beaucoup mieux sans vous !

A son tour, Jack sentit une bouffée de colère exploser en lui. Il avait pris une raclée et elle faisait toujours mine de croire qu'elle s'en serait tirée sans son intervention ?

— Je suis sûr que les gorilles de Bobby n'auraient pas osé vous toucher sous prétexte que vous êtes une femme, railla-t-il.

— Bon sang, ils vous ont frappé parce que vous les avez attaqués ! Je n'ai jamais vu Bobby lever la main sur une femme. D'accord, il m'a giflée, mais les choses en seraient restées là.

La mâchoire serrée, Jack récupéra sa montre sur la table de chevet. Il était près de 8 heures. Si Cara voulait se jeter dans la gueule du loup, parfait. Il n'était pas responsable d'elle.

— Comme vous voudrez. Rentrez à Nice si ça vous chante. Pour ma part, je vais à Londres.

Cara n'aurait pas parié qu'il y arriverait ; pourtant Jack parvint à s'habiller seul. Puis il passa un coup de fil où elle l'entendit mentionner un certain « docteur Drake ». Il semblait avoir décidé de consulter un médecin, ce qui la rassura. Elle avait moins de scrupules à l'abandonner.

Vingt minutes plus tard, quelqu'un frappa à la porte. Jack alla ouvrir et récupéra un paquet livré par un jeune homme en jean et T-shirt élimés.

Tout juste sortie de la douche, Cara s'essuya les cheveux tout en le regardant ouvrir le colis. Il en tira deux flacons qui contenaient des comprimés. Puis elle se rhabilla, constatant avec dépit que ses vêtements n'étaient pas complètement secs.

Un problème plus pressant encore était son manque d'argent. Comment ferait-elle pour rentrer à Nice ? Elle devrait de nouveau en demander à Jack, chose qu'elle répugnait à faire. Elle lui devait déjà une nuit d'hôtel ainsi qu'un appel international. Mais elle avait beau chérir son indépendance, elle savait qu'elle n'avait pas le choix.

Pendant ce temps-là, Jack avait pris deux comprimés dans un flacon. Il les fit passer d'une gorgée d'eau. Perplexe, Cara se demanda qui était cet homme pour se faire livrer, d'un seul coup de fil, des médicaments en vingt minutes au beau milieu de nulle part. Si c'était un joueur professionnel, il devait être doué. Ou alors, il venait d'une famille très riche et n'avait aucun souci d'argent.

Redressant la tête, Jack croisa son regard. Le masque dur qui figeait ses traits depuis qu'elle avait annoncé qu'elle partait ne vacilla pas. A grand-peine, Cara réprima une envie irrationnelle de se précipiter vers lui, de lui passer une main dans les cheveux et de l'embrasser.

En silence, il tira un portefeuille de sa veste de smoking, en sortit quelques billets et les laissa sur le lit.

— Vous allez en avoir besoin.

Les yeux de Cara se remplirent de larmes. Comment refuser ? Sans cet argent, elle serait encore à Lyon ce soir, à chanter dans la rue pour se payer de quoi manger.

— Merci, dit-elle, réprimant un sentiment d'humiliation si intense qu'elle en eut presque la nausée.

— Prenez soin de vous, Cara.

Il la dévisagea un long moment, comme s'il s'apprêtait à ajouter quelque chose. Ou peut-être attendait-il qu'elle parle ? Après d'interminables secondes, il tourna les talons et sortit. Il se mouvait avec une raideur qui contrastait avec la grâce animale qui émanait de lui lors de leur première rencontre. Mais même blessé, il projetait une aura intimidante.

Elle entendit le feulement rauque de son moteur, suivi d'un crissement de pneus. Enfin, le silence retomba. Cara se rendit compte qu'elle retenait son souffle et se remit à respirer plus librement.

Jack Wolfe était parti.

Etrangement, elle en souffrait. C'était pourtant elle qui lui avait demandé de s'en aller. Le cœur lourd, elle se massa les tempes. Les billets — cinq cents euros ! — étaient toujours sur le lit. Elle se rendit soudain compte qu'elle n'avait ni l'adresse ni le numéro de téléphone de Jack. Comment allait-elle le rembourser ?

Mais était-ce vraiment le problème ? se demanda-t-elle.

Non, elle se leurrait et le savait. Elle retrouverait aisément Jack Wolfe si elle le voulait. Le véritable problème, c'était qu'il avait éveillé quelque chose en elle, une émotion qu'elle n'avait jamais ressentie. Et elle ignorait pourquoi, car Jack n'était pas un homme pour elle.

Bien sûr, elle ne pouvait nier l'attirance sexuelle qui existait entre eux. Mais cette dernière n'expliquait pas la sensation de vide qu'elle éprouvait en cet instant, comme s'il avait emporté une partie d'elle-même.

Cara jeta un dernier coup d'œil à la chambre, le moral en berne. Il ne servait à rien de s'attarder, de se languir en repensant au corps nu de Jack, à sa beauté et à sa sensualité. Elle n'avait plus qu'à sortir et à refermer la porte, une fois pour toutes, sur cet interlude.

Elle le fit résolument, sans un regard en arrière. L'hôtel évoquait l'un de ces motels américains, une boîte à chaussures de béton en bordure d'autoroute, entouré d'une zone industrielle hideuse. Jack devait être loin, songea Cara en regardant les voitures passer. Il l'avait sans doute déjà oubliée.

Un sentiment de culpabilité s'empara soudain d'elle. Son compagnon d'échappée était-il vraiment en état de conduire ? Peut-être aurait-elle dû rester avec lui, ne serait-ce que pour s'assurer qu'il arriverait bien à destination ? Attendre un jour ou deux n'aurait rien changé pour elle. Cela aurait même donné à Bobby le loisir de se calmer.

D'un pas lourd, Cara se dirigea vers la réception. Ce qui était fait était fait. Elle demanderait à l'employé de lui appeler un taxi, puis partirait dans la direction opposée à celle empruntée par Jack. Dans quelques jours, il ne serait plus qu'un mauvais souvenir.

Elle avait à peine atteint la porte du bâtiment qu'un grondement de moteur familier se fit entendre dans son dos.

Cara pivota au moment même où Jack s'arrêtait près d'elle dans un crissement de gravillons. Une joie aussi intense qu'inexplicable l'envahit. Pourquoi était-elle si heureuse de le revoir ?

— J'ai eu une idée, annonça-t-il par la fenêtre ouverte.

— Je vous écoute.

— Je dois aller à un mariage dans deux jours. J'ai besoin de quelqu'un pour m'accompagner.

— Vous me demandez de venir avec vous à un mariage ? répéta Cara pour être sûre d'avoir bien compris.

— Je vous paierai, bien sûr. Et je veillerai à ce que vous récupériez un passeport et vos cartes bancaires.

— Mais… pourquoi me payer ?

« Alors que vous pouvez avoir toutes les femmes que vous voulez ? » se retint-elle d'ajouter.

— Vous avez besoin d'un travail et moi, j'ai besoin de vous, répondit Jack avec une touche d'impatience. C'est aussi simple que cela.

Cara se raidit, humiliée. Il pensait apparemment qu'elle avait un tel besoin d'argent qu'elle était prête à faire n'importe quoi.

— Je suis sûre que vous trouverez facilement des candidates que vous n'aurez pas à payer, répliqua-t-elle froidement.

Elle se sentait mortifiée, plus insignifiante encore que lorsqu'il lui avait donné les cinq cents euros. Elle ne valait guère mieux, aux yeux de Jack, qu'une demi-mondaine. Et c'était douloureux.

— Reprenez votre argent, renchérit-elle en lui tendant ses billets. Je vous l'ai déjà dit : je ne suis pas à vendre.

Jack leva les yeux au ciel avant de pousser un grognement dépité.

— Au nom du ciel, Cara, j'essaie simplement de vous aider ! Bobby vous avait proposé un bonus, n'est-ce pas ? Je vous propose de le doubler.

— Comment pouvez-vous me faire une telle offre quand vous ne savez pas…

— Dites-moi à combien il se montait, coupa-t-il.

— Vingt-cinq mille, lança-t-elle d'un ton de défi.

Au lieu de paraître surpris par l'ampleur de la somme, Jack haussa simplement les épaules.

— Très bien. Cinquante mille si vous m'accompagnez à ce mariage.

Sous le choc, Cara en oublia de respirer. Etait-il sérieux ? Elle le dévisagea avec incrédulité, mais il n'avait pas l'air de plaisanter.

Avec cinquante mille dollars, elle pourrait payer toutes les dettes de sa mère, l'assurance pour l'année entière et il lui resterait assez pour mettre sa famille à l'abri du besoin pendant un certain temps. Remy aurait accès aux soins dont il avait besoin. Evie pourrait enfin mener une vie normale.

A ce prix-là, elle pouvait bien ravaler sa fierté. N'avait-elle pas failli, après tout, tricher aux cartes pour moitié moins ? Accompagner Jack n'avait rien de malhonnête. Pourtant, quelque chose la faisait encore hésiter…

— Réfléchissez une seconde, Cara, reprit-il. C'est quand même moins pénible que de travailler pour Bobby Gold, non ?

Cara ne se mentait pas : elle savait qu'au fond d'elle-même, elle avait déjà accepté. Le fait de ne pas avoir tourné les talons le prouvait. Mais ce n'était pas l'argent qui l'avait convaincue. Si elle s'apprêtait à accepter l'offre de Jack, c'était simplement parce qu'elle avait envie de passer du temps avec lui. Parce qu'elle lui faisait confiance, pour une raison mystérieuse.

Tout ce qu'elle avait à faire, c'était se rendre à un mariage. Que risquait-elle ?

— Je sais que vous ne me croyez pas, ajouta Jack, mais je ne pense pas que Bobby vous laissera vous en tirer comme ça. C'est un minable. Il ne pensera qu'à se venger.

— D'accord, bredouilla-t-elle.

Jack cligna des yeux, visiblement surpris.

— Vous acceptez ?

— Oui.

Sans se laisser le temps de changer d'avis, Cara ouvrit la porte du bolide vif-argent et s'installa à la place du passager. Son cœur battait à cent à l'heure sous l'effet d'un mélange de peur et d'excitation.

— N'allez pas vous faire d'idées, déclara-t-elle en bouclant sa ceinture. Je vous accompagne à ce mariage, rien de plus. Vous n'achetez pas une maîtresse avec ces cinquante mille dollars.

Avec un sourire, Jack lui prit la main pour y déposer un baiser.

— J'en ai parfaitement conscience. Lorsque vous coucherez avec moi, ce sera de votre plein gré.

Cara eut l'impression que son corps tout entier s'embrasait. Mais elle parvint à répondre d'un ton courroucé :

— Il faudra bien que quelqu'un vous prouve un jour que vous n'êtes pas irrésistible.

— Peut-être. J'espère juste que ce ne sera pas vous.

Les kilomètres défilaient en silence. Jack étudiait Cara à la dérobée de temps en temps ; elle semblait tout aussi pensive que lui. Au moment de prendre l'autoroute, après avoir quitté l'hôtel seul au volant, il s'était rendu compte qu'il ne pouvait abandonner la jeune femme. Si elle retournait à Nice, il savait que Bobby Gold lui ferait du mal.

D'un point de vue plus égoïste, il voulait également éviter de se retrouver en tête à tête avec Jacob ou Lucas au mariage de Nathaniel. Il redoutait tellement cette confrontation qu'il avait failli refuser de venir quand son frère l'avait invité. Mais il savait combien cela aurait attristé celui-ci.

Il avait alors pensé que Cara représenterait la solution rêvée à son problème. Avec elle à ses côtés, aucun de ses frères n'oserait aborder les sujets qu'il voulait éviter. Et de toute façon, il n'y avait rien à dire : le passé était le passé, en parler ne changerait rien à la désertion de ses aînés.

— Vous voulez que je conduise ?

Il se tourna vers Cara, surpris par sa question. Ses longs cheveux noirs avaient bouclé en séchant. Elle avait beau afficher un visage neutre, Jack voyait bien au feu qui brûlait dans ses yeux qu'il ne la laissait pas insensible.

— Non merci, répondit-il enfin.

— Vous avez l'air tendu. Je pensais que vos côtes vous faisaient mal.

Jack fit rouler ses épaules. Oui, il était tendu, mais ses côtes n'y étaient pour rien !

— Rassurez-vous, je vais bien.

— D'accord. Mais n'hésitez pas à me dire si vous voulez changer.

— Nous n'allons pas très loin de toute façon. J'ai un appartement à Paris, nous nous y arrêterons pour la nuit. Demain, nous vous achèterons une robe pour le mariage. Vous ne pouvez pas y aller dans cette tenue.

Du coin de l'œil, il la vit croiser les bras sur son décolleté. Jack se demanda ce qu'il était advenu de son nœud papillon : elle semblait l'avoir perdu en route.

— Je ne m'habille pas de la sorte en temps normal, fit-elle valoir un peu sèchement.

— Je me doute. Et c'est bien dommage.

— Ce n'est même pas mon uniforme normal, poursuivit la jeune femme comme si elle ne l'avait pas entendu. Bobby m'a forcée à le mettre pour cette partie. Il pensait que ça convaincrait les joueurs de rester plus longtemps et de miser plus gros.

— Ça a marché pour moi.

Cara rougit, puis se mit à rire.

— Vous voulez dire que vous avez perdu un million juste pour regarder dans mon décolleté ? Et moi qui pensais que vous pouviez déshabiller n'importe quelle femme gratuitement !

— Vous me laisseriez vous déshabiller ?

— Non.

— Pourtant, vous m'avez vu en tenue d'Adam. Je devrais avoir le droit de jeter un œil, moi aussi.

Cara croisa ses interminables jambes, comme pour

cacher le rosissement de sa peau pâle. Jack se sentit aussitôt durcir, pris d'un désir tel qu'il n'en avait jamais connu.

— C'est un voyage d'affaires, Jack. Ne l'oubliez pas. Quant à ce que nous allons acheter pour le mariage, vous le déduirez de ce que vous me devez.

Il secoua la tête, incrédule. La plupart des femmes qu'il connaissait auraient sauté sur l'occasion d'enrichir gratuitement leur garde-robe.

— Si vous y tenez…

— J'y tiens beaucoup, oui.

— Dites-moi une chose : comment une fille telle que vous s'est-elle retrouvée à travailler pour Bobby Gold ?

Avec un soupir, Cara se tourna vers la fenêtre. Au loin, de vieux villages perchés sur des collines dominaient un paysage de vignobles. A intervalles réguliers, des champs de tournesol éclaboussaient de jaune le bleu du ciel. C'était un spectacle magnifique. Elle aurait aimé que ce voyage ne s'arrête jamais, pouvoir parler de tout et de rien sans se soucier du reste du monde.

— Vous avez entendu parler de Katrina, je suppose ?

— L'ouragan ? Bien sûr.

— Ma mère a perdu sa maison. En attendant que la zone sinistrée soit nettoyée, nous avons dû vivre dans une petite caravane fournie par le gouvernement.

Elle hésita, se demandant si elle devait poursuivre, mais le silence de son compagnon l'encouragea.

— Ma mère a traversé une sorte de… crise personnelle à la même époque. Nous avons enfin réussi à reconstruire la maison et à y retourner. C'est alors que je suis partie à Las Vegas. Mon petit ami de l'époque avait perdu son travail. Il pensait que nous trouverions plus facilement un emploi là-bas. J'ai d'abord été serveuse, jusqu'au jour où j'ai vu l'annonce d'un casino qui proposait de former des croupiers. Le salaire était bon, je n'ai pas hésité un instant. Un soir, Bobby m'a vue à l'œuvre chez l'un de ses concurrents. Il a aussitôt proposé de m'embaucher. Là encore, je n'ai pas pu refuser.

— Et qu'est devenu ce fameux petit ami qui vous a entraînée dans le Nevada ?

— Nous avons rompu, répondit Cara en baissant les yeux. Il m'a volé tout mon argent et il est parti avec une stripteaseuse.

— Il n'était pas très malin, alors…

Malgré elle, Cara éclata de rire.

— Vous êtes gentil. Mais vous ne me connaissez pas vraiment. Peut-être que la stripteaseuse était un meilleur choix. Peut-être que je suis une horrible mégère.

— Ça m'étonnerait fort, Cara.

— Qu'est-ce que vous en savez ?

— Vous m'avez tiré des pattes de Bobby Gold alors que vous n'aviez absolument rien à y gagner. Et vous avez refusé de tricher alors que la prime promise, si je comprends bien, vous aurait tirée d'un mauvais pas. Comment avez-vous atterri à Nice, d'ailleurs ?

— Bobby y a emmené ses meilleurs employés, dont je faisais partie, pour l'ouverture de son nouveau casino. J'étais ravie de venir, et pas seulement pour le bonus. J'avais très envie de découvrir l'Europe.

— Et qu'en pensez-vous ?

— Je ne sais pas, soupira Cara. Je ne suis quasiment pas sortie du casino. Nous logions tous dans un grand appartement, un minibus venait nous chercher et nous ramenait directement après le travail.

— Vous n'avez pas eu de jour de repos ?

— Non. Pas un seul en deux semaines.

— Dans ce cas, vous méritez de faire un peu de tourisme.

Jack songea que le mariage n'était que dans deux jours. Et arriver à la dernière minute réduirait les chances d'une conversation embarrassante avec Jacob.

— Ce soir, je vous emmènerai dans un excellent restaurant. Ensuite, nous ferons une croisière sur la Seine.

Cara se tourna vers lui, les yeux brillant d'excitation.

— Ça me ferait très plaisir. J'ai toujours rêvé de découvrir Paris.

— J'aime vous voir sourire, murmura Jack.

Aussitôt, la jeune femme baissa les yeux. Il se demanda ce qu'elle essayait de lui cacher.

— Je ne suis pas sûre de savoir ce que je fais ici, fit-elle dans un souffle. Je… je vous fais confiance. Et j'espère que vous ne me décevrez pas.

A ces mots, Jack crispa les mains sur le volant. Il décevait toujours les femmes qui croisaient sa route. Ce n'était jamais intentionnel, jamais du sadisme ; seulement qu'il finissait par s'ennuyer. Comme les cartes, comme les marchés financiers, ses maîtresses finissaient par perdre leur charme. Il savait qu'il avait laissé bien des cœurs brisés dans son sillage. Or, pour une raison qu'il ignorait, il ne voulait pas briser celui de Cara. Il lui devait donc la vérité.

— Je suis flatté, Cara. Mais je vous en prie, ne me faites *jamais* confiance.

5.

Ne me faites jamais confiance.

Debout devant la fenêtre de sa chambre, Cara ressassait les propos de Jack. Dans le lointain, la tour Eiffel dépassait d'un horizon de zinc. Des bateaux-mouches sillonnaient paresseusement la Seine en contrebas. Cara avait encore du mal à croire qu'elle était à Paris, après tant d'années passées à en rêver.

Pourtant, les paroles de Jack tempéraient son enthousiasme. Elle n'arrivait pas à les oublier, pas plus qu'elle ne pouvait oublier l'expression sinistre de son visage lorsqu'il les avait prononcées. Elle n'avait su que lui répondre, très embarrassée de s'être confiée à lui. Le reste du trajet s'était déroulé dans un silence plombé, du moins jusqu'à leur arrivée à Paris. Là, le spectacle qui s'était offert à elle avait eu raison de sa mauvaise humeur.

Les Parisiens conduisaient comme des fous et, à plus d'une reprise, Cara avait fermé les yeux, craignant une collision qui, étrangement, ne venait jamais. Au dernier moment, les voitures s'évitaient, se mêlaient au flot de la circulation au gré d'un code tacite et invisible. Puis un garage s'était ouvert devant eux et les avait avalés.

Ce n'était qu'en pénétrant chez Jack, quelques minutes plus tard, que Cara avait compris à quel point il était riche. L'immense appartement exhibait encore ses moulures d'origine ainsi qu'un parquet brun rouge patiné par les ans. Les meubles étaient modernes, la vue spectaculaire par les fenêtres qui allaient quasiment du sol au plafond.

Jack lui avait attribué une chambre dotée de sa propre salle de bains. Cara y avait trouvé tout ce dont une femme pouvait avoir besoin, ce qui avait aussitôt éveillé en elle une inexplicable bouffée de jalousie. Elle n'avait pourtant aucun droit sur Jack…

Quelques coups discrets à la porte interrompirent ses réflexions.

— Oui ? demanda-t-elle à travers le battant.

— J'ai quelque chose pour vous.

Cara ouvrit. Jack se tenait sur le seuil, si séduisant qu'elle en eut le souffle coupé. Il paraissait plus détendu et, paradoxalement, plus dangereux.

Jack Wolfe était quelqu'un dont elle devait se méfier. Elle ne croyait plus, à ce stade, qu'il était un simple joueur. Oh ! joueur, il l'était bel et bien ! Mais la fortune que laissait deviner un tel appartement à Paris ne pouvait provenir de la simple fréquentation des casinos. Si cet homme aimait prendre des risques, ce n'était pas seulement aux cartes.

Elle avait beau le connaître depuis moins de vingt-quatre heures, Cara était assez psychologue pour comprendre qu'il aimait le danger, l'adrénaline. Bref, l'opposé de ce qu'elle recherchait : un compagnon responsable, sur lequel compter, et non quelqu'un qui lui avait expressément demandé de ne jamais lui faire confiance !

— Je peux entrer ?

Avec une assurance qu'elle était loin de ressentir, Cara s'écarta et l'invita du geste. Une chaleur moite fleurissait dans son ventre et lui rosissait la peau. Dieu merci, Jack ne parut rien remarquer. Les bras chargés de sacs, il s'avança et les déposa sur une table Louis XV, non loin du lit.

— Ce n'est pas grand-chose, mais ça suffira pour aller dîner.

Embarrassée, Cara se pencha pour regarder dans l'un des sacs.

— Si quelque chose ne vous plaît pas, il est encore temps de changer. Pour la taille, j'ai pris au jugé.

— Je suis sûre que vous avez bien choisi.

— Ce n'était pas moi. J'ai juste passé un coup de fil et je vous ai décrite aux filles du magasin. Allez-y, dites-moi ce que vous en pensez.

Cara tira un pull de cachemire vert du premier sac, un pantalon de soie crème du second. Les deux portaient la marque de grands couturiers. Ils devaient valoir une fortune.

— Ce vert vous ira à ravir, observa Jack. Il s'accorde avec vos yeux.

— Merci, murmura Cara, plus gênée que jamais.

C'était exactement le genre de tenue qu'elle aurait achetée elle-même si elle en avait eu les moyens. L'essentiel de sa garde-robe venait de grandes chaînes où la quantité l'emportait sur la qualité. Et jamais elle n'avait eu l'impression d'être mal habillée. Jusqu'à aujourd'hui…

— C'est merveilleux, reprit-elle, une boule dans la gorge.

— Ravi que ça vous plaise.

Le sac suivant contenait une paire d'escarpins magnifiques, eux aussi griffés.

— C'est exactement ma taille ! s'émerveilla Cara.

— Parce que j'ai regardé sous votre semelle quand vous avez croisé les jambes, dans la voiture.

— Je comprends mieux pourquoi nous avons failli percuter cette camionnette jaune…

Cara ponctua sa remarque d'un rire nerveux. Elle ne savait que faire d'autre dans ce moment d'une étrange intimité. Jack lui achetait des vêtements comme si elle était une courtisane de luxe. « Ce n'est qu'un travail », se répéta-t-elle. Il n'y avait rien de mal à ce qu'elle faisait. Elle n'allait tout de même pas se rendre à un mariage dans sa tenue de croupière !

— Regardez dans le sac rose, suggéra son hôte, une étincelle malicieuse dans le regard.

Elle s'exécuta. Ses doigts effleurèrent de la dentelle et remontèrent un soutien-gorge et un short blanc si fins qu'ils en étaient presque transparents. Elle les renfonça presque aussitôt dans l'emballage, les joues brûlantes, tandis que Jack éclatait de rire.

— Vous êtes tellement pudique, fit-il enfin. C'est ça qui me plaît chez vous.

Cara redressa le menton, décidée à ne pas se laisser déstabiliser. Mais il était dur de paraître intimidante en peignoir de bain…

— Je n'ai pas pour habitude de montrer mes sous-vêtements à des inconnus.

— Vous pensez toujours que je suis un inconnu après la nuit dernière ?

Tout en parlant, il s'était rapproché. Cara eut l'impression que des doigts invisibles et brûlants glissaient sous son peignoir pour lui caresser la peau. L'image de Jack totalement nu s'imposa à son esprit. Elle avait bien essayé de ne pas le regarder, la veille, mais la tentation avait été trop forte. Ses abdominaux découpés, ses hanches étroites, son sexe érigé : elle revoyait le moindre détail avec une clarté étourdissante. Il avait une marque de bronzage en bas du dos et elle s'était imaginée y faire courir sa langue pour le rendre fou de désir.

« Arrête ! » s'intima-t-elle.

— Une nouvelle fois, Cara, vous me regardez comme si vous vouliez me croquer…

— Vous avez une trop haute opinion de vous-même.

Elle le vit à peine bouger mais dans la seconde qui suivit, les doigts de Jack glissaient dans ses cheveux et lui renversaient la tête. Ses lèvres se posèrent sur les siennes, d'abord doucement, avant de se retirer. Puis il revint à la charge et l'embrassa tendrement, faisant attention à sa coupure. De sa main libre, il la plaqua contre lui.

En soupirant, Cara entrouvrit les lèvres pour accueillir sa langue et lui offrir la sienne. Ses seins bourgeonnèrent sous son peignoir, une explosion brûlante enflamma son ventre. Un immense frisson la parcourut comme elle s'abandonnait dans les bras de Jack. Leur baiser s'approfondit, leurs mains se cherchèrent fébrilement. Cela faisait si longtemps qu'elle n'avait pas été avec un homme que son corps lui faisait presque mal.

Mais son désir n'était pas dû à la privation. Non, il tenait entièrement à Jack Wolfe et à son magnétisme animal. Cet homme l'exaspérait et l'attirait à la fois. Il était dangereux et tendre. Elle avait beau ne pas comprendre ce qui se passait, elle n'était pas naïve au point d'ignorer qu'une alchimie unique existait entre eux. Une alchimie qui les consumerait si elle y cédait.

Cara s'efforça de ne pas perdre complètement ses esprits. Elle ne pouvait pas se permettre de prendre un tel risque, pas maintenant. Elle devait garder la tête froide, faire ce pour quoi Jack la payait, puis se dénicher un travail. Peut-être en trouverait-elle un à Londres ? A présent qu'elle était en Europe, autant en profiter. Tout allait bien à la maison et avec l'argent qu'elle s'apprêtait à envoyer, elle n'aurait plus de souci à se faire pour sa mère avant un certain temps.

Elle se figea lorsque les doigts de Jack se posèrent sur la ceinture de son peignoir. Dans un éclair de lucidité, elle vit la scène comme si elle en était spectatrice. Que faisait-elle, alanguie dans les bras d'un homme qu'elle connaissait à peine ? Il lui avait demandé de l'accompagner à un mariage et voilà qu'elle s'apprêtait à faire l'amour avec lui ? S'imaginait-il l'avoir achetée corps et âme pour cinquante mille dollars ? Ou se laissait-il, comme elle, emporter par la passion de l'instant ?

Dans l'incertitude, elle se força à le repousser.

— Non, Jack. Je… je ne peux pas.

Il hésita visiblement. Cara se rendit compte avec effroi que s'il insistait, elle n'aurait pas la force de lui résister. Dieu merci, il fit un pas en arrière. Lui aussi respirait lourdement.

— Au moins, maintenant, nous savons…

Elle leva les yeux, surprise par cette déclaration sibylline.

— Nous savons quoi ?

Du bout d'un doigt, il suivit le contour de sa mâchoire,

descendit le long de son cou pour s'arrêter au creux de sa gorge. Un sourire presque triste apparut sur ses lèvres.

— Que nous ferions des amants fantastiques, vous et moi.

Cara serra ses bras autour de sa poitrine, comme transie.

— Nul doute qu'au lit, ce serait merveilleux. Mais j'ai bien peur que ça ne suffise pas.

La tête penchée sur le côté, il l'étudia en silence. Cara avait l'impression d'être une adolescente sans expérience, ce qui lui ressemblait fort peu.

— Vous cherchez un dénouement de conte de fées, Cara ?

Elle rougit, mortifiée. C'était ridicule à entendre, elle l'admettait volontiers. Pourtant, c'était la vérité.

— Ce n'est pas le cas de tout le monde ? répondit-elle d'un ton de défi.

— Les contes de fées, ça n'existe pas.

Cara devait bien admettre que c'était précisément ce qui l'inquiétait. N'avait-elle pas cru, pendant longtemps, que ses parents formaient un couple parfait, qu'ils étaient heureux ? Jusqu'au moment où son père les avait tous abandonnés…

Malgré cela, elle refusait de se laisser aller au cynisme. Elle s'agrippait farouchement à l'espoir que l'homme idéal existait quelque part. Il le *fallait*. Sans cela, quel sens avait la vie ?

Jack, qui prenait sans doute son mutisme pour de l'embarras, la dévisageait à présent avec compassion.

— Vous risquez de finir seule avec de telles exigences, déclara-t-il.

Cara se détourna, le cœur lourd. Il avait sans doute raison, mais elle n'avait pas particulièrement envie de l'entendre.

— Merci pour les vêtements, marmonna-t-elle en triturant le pull couleur jade.

Elle l'entendit pousser un soupir exaspéré ; pourtant, elle ne se retourna pas.

— Je vous laisse vous habiller. Quand vous serez prête, nous sortirons.

Puis il partit, refermant doucement la porte derrière

lui. Cara s'assit lourdement sur le rebord du lit, agitée par un mélange de frustration et d'adrénaline. Elle était en danger, elle ne pouvait plus le nier davantage. Elle devait faire attention si elle ne voulait pas faire quelque chose qu'elle regretterait à coup sûr. Jack Wolfe était un joueur, un homme qui aimait les femmes, les voitures rapides et l'aventure. Sitôt qu'elle lui céderait, il perdrait tout intérêt pour elle. Et elle redoutait de voir, dans ses yeux, l'indifférence succéder à la passion.

— Tu es stupide, ma vieille, marmonna-t-elle.

Elle se leva et entreprit de s'habiller.

Paris était une véritable fête pour les sens. Assise à la table du restaurant où Jack l'avait conduite, Cara regardait bouche bée les Parisiens aller et venir de l'autre côté de la vitre, vaquant à leurs occupations. Tout autour d'elle lui paraissait incroyablement sophistiqué, civilisé. Cara se sentait gauche en comparaison, horriblement rustique. Pourtant, tout le monde s'était montré aimable avec elle, du maître d'hôtel, qui avait accueilli Jack avec déférence, jusqu'aux serveurs qui s'occupaient de leur table. Aux égards qu'on leur manifestait, il était évident que son compagnon était un habitué du lieu.

Avait-il pour habitude d'y inviter ses maîtresses ? se demanda-t-elle. L'idée la mit mal à l'aise. Non qu'elle fût jalouse. C'était simplement qu'il s'agissait de *son* Paris, à elle toute seule, et qu'elle ne voulait pas partager cette expérience, surtout pas avec les ex de Jack ou ses souvenirs.

— Y a-t-il des choses que vous ne mangez pas ? lui avait-il demandé sitôt assis.

— Non, je mange de tout.

— Vous me faites confiance pour commander, alors ?

Leur entrée arriva bientôt, un délicieux carpaccio de tomates d'été à la tapenade et au basilic. Cara ferma les yeux de plaisir, laissant les saveurs exploser dans sa bouche.

— C'est délicieux.

— Ravi que ça vous plaise.

Quand le serveur revint, Cara lui demanda de transmettre ses compliments au chef. Jack la dévisagea d'un air interloqué.

— Je ne savais pas que vous parliez français.

— Il y a beaucoup de choses que vous ignorez sur mon compte, très cher ! Je viens de La Nouvelle-Orléans. Nous parlons le français, même s'il est un peu différent.

— Vous êtes cajun alors ?

— A moitié. Le nom de jeune fille de ma mère est Broussard, mais mon père s'appelle Taylor. Les Taylor viennent du Mississippi.

— La Nouvelle-Orléans et le Mississippi… Vous êtes bien loin de chez vous.

« Pas assez loin parfois », songea Cara. Puis elle fronça les sourcils, assaillie d'une soudaine culpabilité.

— Je voulais découvrir le monde. Il n'y a rien de mal à cela. Vous êtes anglais et vous habitez bien Paris, après tout.

— Entre autres. J'ai plusieurs résidences.

Elle l'étudia avec stupeur avant de se ressaisir.

— Vous devez avoir un don pour les cartes, alors.

— Je me débrouille, répondit Jack avec un sourire.

— Mais vous n'avez jamais peur de tout perdre d'un coup ?

Cara avait eu beau examiner le problème sous tous les angles, elle n'avait jamais compris la mentalité du joueur. Elle qui avait travaillé dur pour gagner le moindre centime qui garnissait son compte en banque se voyait mal tout risquer sur un coup de dés.

— Non, je n'ai pas peur de perdre. D'ailleurs, ça ne m'est jamais arrivé. Mais pour être franc, ce n'est pas comme ça que je gagne ma vie.

— Non ?

— Non. J'ai fondé un fonds d'investissement.

Cara fronça les sourcils. Un fonds d'investissement ? Voilà qui paraissait un métier bien plus stable et raisonnable que le jeu. Pourtant, rien ne pouvait lui ôter le sentiment que

Jack aimait le risque. D'ailleurs, investir sur les marchés était une façon de parier.

— Je suis soulagée de l'entendre. Au moins, quand nos chemins se sépareront, je n'aurai pas de souci à me faire pour vous.

— Quoi ? Vous vous feriez du souci pour moi ?

Il se mit à rire. Sa bonne humeur était si communicative que Cara ne tarda pas à l'imiter. Elle adorait le son de cette voix qui paraissait se libérer petit à petit, se faire plus grave et plus généreuse, comme s'il n'avait pas ri depuis longtemps et réapprenait à le faire.

— Vous êtes adorable, Cara Taylor.

— Je fais de mon mieux, répondit-elle, étalant un généreux morceau de beurre sur un énorme bout de pain. Parlez-moi de vous, à présent. D'où venez-vous ? Vous avez une famille ?

L'expression de Jack se voila aussitôt. Une ombre passa dans son regard et la fit frémir. Avec son œil au beurre noir, il paraissait presque menaçant. La lumière semblait avoir déserté son visage pour laisser place à un masque méfiant.

— Je suis anglais.

— Je le sais déjà.

— Mes parents sont morts, reprit-il, faisant tourner le pied de son verre entre ses doigts.

Il était devenu distant, intouchable, à mille lieux de l'homme qui l'avait taquinée quelques instants plus tôt.

— Je suis désolée.

— Vous n'avez pas à l'être, répondit Jack. Ma mère est morte quand j'avais trois ans. Je ne me souviens pas d'elle. Quant à mon père…

Il s'interrompit longuement avant de redresser la tête et de hausser les épaules. Malgré l'indifférence qu'il affichait, ses pupilles brûlaient d'une lueur fébrile.

— Quant à mon père, reprit-il plus doucement, s'il n'était pas mort, je me serais chargé de le tuer moi-même.

6.

Jack s'en voulait d'avoir avoué être content que son père soit mort. Il ne l'avait jamais formulé de manière aussi abrupte, à part devant Jacob. Cara le dévisageait à présent avec de grands yeux. Elle allait lui demander de répéter, répondre que sûrement, ce n'était pas ce qu'il avait voulu dire. Elle serait choquée, révulsée. Elle reviendrait sur leur accord.

Et il n'essaierait pas de la retenir.

C'était mieux ainsi, avait-il décidé. Il perdait toute maîtrise de lui-même en compagnie de cette femme, et il détestait cela. Le contrôle rigide qu'il exerçait en toutes circonstances était en effet le secret de son succès. Cela l'empêchait de céder à la peur, par exemple, cette peur qui tétanisait parfois les joueurs et les traders au moment crucial. Parce que lui contrôlait cette peur, il gagnait toujours.

Cara se pencha vers lui, effleurant sa main. Il brûlait d'envie de lui faire l'amour toute la nuit, de se perdre en elle, d'oublier le monde entre ses bras. Mais il réprima ce désir féroce, car il savait qu'elle aspirait à quelque chose qu'il ne pouvait pas lui offrir.

— Je suis désolée, Jack.

— Désolée de quoi ? Que mon père soit mort ou que ça me réjouisse ?

— Désolée que vous ressentiez cela. Je suppose que vous devez avoir vos raisons.

Jack laissa son regard s'échapper vers la devanture du restaurant. Dehors, les voitures passaient à toute allure.

Le monde ne s'arrêtait jamais, surtout pas pour les plus faibles, les éclopés, les victimes. Il l'avait compris très jeune.

— Vous n'êtes pas choquée ?

La jeune femme secoua la tête, sans le quitter de ses grands yeux étincelants.

— Non.

Une vague d'émotion l'envahit, mélange de soulagement, de colère et de souffrance.

— Pourquoi ? Vous êtes une femme bien étrange, Cara Taylor.

— Etrange ? Je croyais que j'étais adorable, fit-elle avec un sourire en coin.

— Adorable *et* étrange.

Jack lui prit la main et lui déposa un baiser sur la paume. Il la vit se raidir et rougir comme une pivoine. Elle était aussi troublée que lui par cette caresse.

— Jack…

— J'ai envie de vous, Cara.

Elle se mordit la lèvre, une réaction dont la candeur le toucha, enflammant son désir. Il était plus dur, en cet instant, que le marbre dont était fait le plateau de la table.

— Je ne suis pas prête pour ça. Il s'est passé trop de choses ces dernières vingt-quatre heures.

— Je comprends. Vous avez besoin de temps.

Jack avait beau la convoiter presque douloureusement, il savait qu'il ne devait pas se précipiter.

— Vous comprenez, vraiment ? Parce que j'ai l'impression que vous êtes un homme habitué à obtenir tout ce qu'il veut, tout de suite.

Il déposa un dernier baiser sur sa main, puis la relâcha.

— Parfois, ça vaut la peine d'attendre.

Cara repoussa une mèche de cheveux qui lui tombait dans les yeux. Le pull en cachemire lui allait à merveille et, comme promis par la vendeuse, faisait ressortir de façon spectaculaire le vert de ses yeux.

— Vous me plaisez, Jack, je ne le nie pas. Mais je ne suis pas sûre que coucher avec vous soit une bonne idée. Nous avons un contrat, rien de plus. Une relation professionnelle.

Il fronça les sourcils, frappé par un soupçon. Elle était si innocente que…

— Etes-vous vierge ?

Cara pouffa aussitôt.

— Bien sûr que non ! Ça ne veut pas dire pour autant que je couche avec le premier venu. Nul besoin d'être vierge pour se montrer prudente.

— Et moi qui me croyais irrésistible, soupira Jack.

Sa remarque eut l'effet escompté : sa compagne se mit à rire. Il adorait cela. Son visage s'illuminait, ses joues se coloraient et ses yeux s'enflammaient. Elle était magnifique.

— Irrésistible, je ne sais pas, répondit-elle enfin. Mais incorrigible, sûrement !

— Autant que vous le sachiez : je ne compte pas en rester là…

— Je n'en doute pas une seule seconde.

— Dans ce cas, vous devez aussi admettre une chose.

— Quoi donc ?

— Que vous avez envie de moi autant que j'ai envie de vous.

— Je…

— Et que tôt ou tard, vous et moi, nous allons finir dans un lit.

Debout sur le pont du bateau-mouche, Cara s'arracha à sa contemplation du paysage pour jeter un coup d'œil discret à son compagnon. Il semblait détendu, mais elle savait que ce n'était qu'une illusion. Jack Wolfe était un homme complexe, abordable et extrêmement distant à la fois. Elle avait le sentiment qu'elle pourrait passer des années près de lui sans vraiment le connaître.

Cela l'attristait. Parce qu'elle voulait le comprendre, découvrir comment quelqu'un pouvait détester à ce point son géniteur. Bien qu'amère, elle ne détestait pas son père. Jack devait avoir ses raisons et elle brûlait de les connaître.

Il faisait à présent presque nuit. Les lumières de Paris piquetaient le bleu profond du ciel. C'était un spectacle magnifique, auquel pourtant Cara peinait à s'abandonner. Sa conversation avec Jack, au restaurant, la hantait toujours. Elle aurait voulu se laisser aller entre ses bras, regarder la capitale défiler. Au lieu de cela, elle serra son gilet autour d'elle. Le printemps parisien était plus frais qu'elle ne l'aurait cru.

Comme s'il avait perçu son dilemme, Jack se tourna vers elle. Sans un mot, il lui entoura les épaules et l'attira contre lui.

— Vos côtes, lui rappela-t-elle.

— Ce côté va bien. C'est l'autre qui me fait mal. Si vous me touchez là, je crierai comme une petite fille.

Cara se mit à rire, puis se força à reprendre son sérieux.

— Ce n'est pas drôle.

— Ce n'est pas moi qui ris ! objecta-t-il.

Il lui adressa un clin d'œil avant de tourner son attention vers les berges. Cara songea qu'il devait connaître cette vue par cœur. Après tout, il habitait là. Pourtant, il jouait les touristes avec elle. Malgré l'heure tardive, malgré ses blessures, il avait été fidèle à sa promesse de l'emmener faire un tour en bateau-mouche. Et avant cela, profitant du fait que certains magasins proposaient des nocturnes, ils avaient fait un peu de shopping. Le résultat s'empilait à leurs pieds dans des sacs frappés au logo de grands couturiers. Cara avait eu beau protester qu'elle n'avait pas besoin d'autant de tenues, Jack ne lui avait pas prêté la moindre attention. Lorsqu'elle avait réitéré son désir de le rembourser dès qu'elle serait payée, il s'était contenté d'un haussement d'épaules.

Chaque seconde qu'elle passait en sa compagnie lui faisait apprécier Jack davantage, espérer plus que du plaisir physique. C'était ridicule, elle n'arrêtait pas de se le répéter. Il n'était pas un homme pour elle. Mais ce constat ne faisait qu'attiser son désir.

Elle décida d'essayer de se convaincre par une approche rationnelle. Jack était richissime, elle n'était qu'une pauvre fille de La Nouvelle-Orléans. Elle n'avait pas pu aller à l'université à cause de Katrina et du départ de son père, deux événements qui l'avaient forcée à subvenir aux besoins de sa famille. Bref, elle n'était pas du même niveau social que Jack Wolfe, sans doute éduqué dans les écoles les plus prestigieuses.

— A quoi pensez-vous ? demanda-t-il soudain, plongeant les yeux dans les siens.

— Que Paris est une ville merveilleuse, mentit-elle.

— Vraiment ? C'est tout ?

Il semblait pouvoir lire en elle, une impression éminemment désarmante.

— Vous avez déjà été marié ? demanda Cara du tac au tac.

Si Jack parut surpris par la question, elle le fut encore plus que lui. D'où en elle était venue cette question ?

— Non, répondit-il d'un ton plus froid.

C'était un avertissement. Attention, danger ! disait sa voix. Cara décida de ne pas y prêter attention. Elle ignorait ce que la réponse lui apporterait mais elle voulait savoir.

— Pourquoi pas ?

— Pourquoi ces questions ?

— J'essaie de mieux vous comprendre. Vous êtes riche, séduisant, vous devriez donc être marié avec des enfants, selon les normes sociales.

Les narines de Jack palpitèrent légèrement comme il se tournait pour fixer les eaux noires du fleuve.

— Je n'obéis à aucun modèle. Je n'avais pas envie de m'encombrer de responsabilités.

Cara tenta de masquer sa déception. De toutes les réponses, c'était sans doute la pire qu'il pouvait lui faire. Il ne voulait pas de responsabilités… Mener une vie de play-boy était évidemment plus facile. Il pouvait changer de maîtresse comme de chemise. Il pouvait conduire des voitures de sport, rentrer tard le soir, risquer des sommes folles au casino sans se soucier des conséquences. Bref, il était exactement tel qu'elle se l'était imaginé : hédoniste et irresponsable.

— Et vous, Cara ? Vous avez été mariée ?

La question la prit de court. Cependant, elle n'hésita pas un instant avant de répondre :

— Non, pas encore.

— Vous n'avez même pas été tentée ?

— Non. Je n'ai pas rencontré la bonne personne.

— Vous m'étonnez… Et le petit ami avec lequel vous êtes allée à Las Vegas ? Il devait être important si vous avez décidé de partir avec lui.

— Je l'ai cru, au début. Ensuite, j'ai vite compris mon erreur.

— Quand il vous a abandonnée pour la stripteaseuse ?

— Non. Je le savais inconsciemment avant mais quand il est parti, j'ai compris clairement qu'il m'avait servi d'excuse.

— D'excuse ?

Cara se mordit la lèvre, cherchant ses mots. Comment lui expliquer qu'elle avait eu désespérément envie de partir, sans passer pour une sans-cœur auprès de sa famille ? Sans lui laisser penser qu'elle l'avait abandonnée ?

Que lui importait l'opinion de Jack, après tout ? En partant, elle avait davantage aidé sa famille que si elle était restée à végéter à La Nouvelle-Orléans.

— L'excuse dont j'avais besoin pour partir, expliqua-t-elle. Le déclic, si vous préférez.

— Ah. Et après tout ça, vous croyez toujours aux dénouements de contes de fées…

Cette fois, Cara refusa de se laisser intimider par l'ironie contenue dans la voix de Jack.

— Oui. Pas vous ?

— Pas vraiment, non.

De justesse, elle retint un ricanement moqueur.

Evidemment, un homme qui vivait à ce point dans le présent ne pouvait croire en l'amour éternel. Mais elle ne put résister à l'envie de le défier.

— Et cette noce à laquelle vous vous rendez ? Vous ne croyez pas que les mariés méritent d'être heureux ?

— Bien sûr que si ! Je souhaite tout le bonheur du monde à Nathaniel.

— Mais Nathaniel ignore que vous ne lui donnez pas beaucoup de chances d'être réellement heureux ?

— Je pense qu'il s'en fiche, répondit Jack avec un sourire en coin. Il a toujours fait ce qu'il voulait sans se soucier de mon opinion.

— C'est un homme sage. Vous le connaissez depuis longtemps ?

— Depuis toujours. C'est mon frère.

Cara se figea, interloquée. *Il l'emmenait au mariage de son frère ?*

— Quelque chose ne va pas ? demanda Jack en avisant son expression.

— C'est juste que… Je n'avais pas compris que je rencontrerais votre famille. Je ne pensais pas qu'il s'agissait d'un événement si… personnel.

— Ça ne l'est pas. Nous ne sommes pas très proches.

Quelque chose dans la voix de Jack lui serra le cœur. Elle-même n'était plus très proche de son père — elle lui avait à peine parlé en six ans —, mais elle n'imaginait pas sa vie sans sa mère, Remy et Evie. Certes, elle était partie en quête d'aventure. Mais où qu'elle aille, elle avait sa famille dans le cœur.

— Je vois que ça vous surprend, fit son compagnon. Pourtant, vous êtes vous-même très loin de chez vous.

— Je suis partie pour plein de raisons. Mais nous ne nous sommes jamais éloignés.

— Je vous crois. Il y a une lueur dans vos yeux quand vous parlez d'eux. Et à l'évidence, vous avez travaillé dur pour les aider.

Cara acquiesça. Puis, parce qu'elle ne pouvait s'en empêcher, elle demanda :

— Vous ne vous sentez jamais seul ?

Le beau visage de Jack se fit sombre, presque triste. Elle vit le guerrier blessé, l'homme derrière le masque. Ou était-ce simplement un masque différent, qui en cachait d'autres ? Elle n'en aurait pas été surprise.

— Etre seul, c'est un avantage, répondit-il enfin.

— C'est ridicule. Comment pouvez-vous dire ça ?

Il esquissa un demi-sourire, suivant du bout de l'index la courbe de sa joue.

— Vous êtes très naïve, Cara. Tout le monde n'a pas besoin de compagnie pour être heureux dans la vie.

— Je suis optimiste. J'ai envie de partager ma vie avec quelqu'un et je ne vois rien de mal à cela.

Une légère secousse leur signala que le bateau venait d'accoster. Jack lui prit la main pour l'entraîner vers la passerelle, mais Cara le retint.

— Attendez. Je ne suis pas naïve, contrairement à ce que vous croyez. Au contraire, je sais ce que je veux.

Il inclina la tête, la mine grave.

— Savoir ce que l'on veut dans la vie n'a rien de naïf, en effet. Ce qui l'est davantage, c'est d'attendre quoi que ce soit de moi. Je vous ai déjà mise en garde : ne me faites jamais confiance.

— Mais je n'ai jamais parlé de vous. Vous êtes vraiment d'une arrogance extraordinaire, parfois.

Sans attendre sa réponse, elle le dépassa et débarqua, les yeux piquant de larmes. Malgré ses dénégations, Jack avait raison : elle attendait quelque chose de lui, ne serait-ce que la *possibilité* d'un avenir. Etait-ce trop demander ?

Une nouvelle fois, sa raison lui commandait de partir. Il était encore temps de revenir sur leur accord. Mais où irait-elle ? Elle n'avait pas d'argent pour revenir à Nice ni de passeport pour regagner son pays !

Cara secoua la tête, furieuse. Elle n'avait pas d'autre choix que de rester. Mais elle ne perdrait pas son temps à espérer quoi que ce soit de Jack. Il était inaccessible, barricadé derrière des murailles plus impénétrables que les bayous de Louisiane. Même ce qu'il révélait de lui, lorsqu'il entrouvrait les portes de la forteresse, était soigneusement calculé.

Non, le véritable Jack était trop profondément enfoui pour être jamais libéré. Elle ne le connaissait pas vraiment, et ne le connaîtrait sans doute jamais.

7.

Ils passèrent une autre journée à Paris avant d'embarquer dans un avion privé qui, selon les calculs de Jack, les ferait arriver juste à temps pour le mariage. Cara n'avait jamais voyagé dans un luxe aussi insolent. L'avion était décoré d'une moquette bleue et de fauteuils de cuir crème. Chaque siège était doté d'une table, une vraie qu'il n'était pas nécessaire de replier. Cara découvrit avec émerveillement qu'elle pouvait même étendre les jambes !

Elle avait d'abord voulu prendre le train, mais Jack l'avait rappelée à la réalité : sans son passeport, ce serait impossible. S'il avait choisi l'avion, c'était qu'il devait connaître les bonnes personnes au bon endroit. Du moins, Cara l'espérait-elle, n'ayant aucune envie d'être renvoyée à la frontière.

— Comment fait-on pour louer un avion privé ? demanda-t-elle tandis que l'appareil s'élançait sur la piste.

— Je ne l'ai pas loué, il m'appartient.

Cara le fixa, sidérée. Il possédait un avion ? Un *avion* ? De nouveau, elle regarda autour d'elle. L'intérieur lui parut soudain plus luxueux encore.

Jack prit un quotidien anglais, le déplia et disparut derrière les grandes pages. Cara tourna la tête vers le hublot pour admirer le paysage qui défilait sous le ventre de l'appareil. Des troupeaux paissaient dans les champs, un spectacle bien différent des bayous de sa terre natale.

Quand une hôtesse vint lui demander si elle désirait quelque chose à boire, elle commanda un verre d'eau fraîche, s'efforçant de ne pas trahir sa gaucherie et son étonnement permanent face à un tel luxe. Du véritable verre dans un avion au lieu de gobelets de plastique ? Une hôtesse et un pilote pour seulement deux personnes ? De l'argent, elle en voyait tous les jours au casino, mais jamais elle ne s'était retrouvée du côté de ceux qui le possédaient. Elle avait l'impression d'être une usurpatrice.

— Vous voulez le journal ?

Cara tressaillit et fixa Jack. Il avait replié le quotidien et l'avait déposé sur la table devant elle.

— Non, merci.

Puis, parce qu'elle avait désespérément besoin de parler, elle renchérit :

— Si vous me parliez un peu de ce mariage ? Qui sera là ?

— Vous avez peur ?

En un réflexe nerveux, Cara lissa la robe turquoise qu'elle avait choisie pour l'événement. Elle savait au moins qu'elle ne détonnerait pas avec une telle tenue. Lorsqu'elle était sortie de sa chambre, le matin même, Jack l'avait regardée avec un regard brûlant de désir. Elle en avait été ravie et effrayée à la fois, car elle avait compris qu'elle en était venue à attendre, à espérer cette admiration — même si elle savait qu'elle ne durerait pas. Elle était en train de prendre goût à une drogue qui risquait de la détruire.

— Un peu, reconnut-elle.

— Vous n'avez rien à craindre. Et pour répondre à votre question, Nathaniel épouse une femme qu'il a rencontrée dans sa dernière pièce, je crois.

— C'est un acteur ? Un auteur ?

— Vous n'avez jamais entendu parler de Nathaniel Wolfe ? demanda Jack, interdit. Vous vivez dans une bulle ?

Cara le dévisagea, le souffle coupé. Nathaniel Wolfe ? Le frère de Jack était l'acteur Nathaniel Wolfe ? Et elle se rendait à son mariage ?

La panique qu'elle avait si bien contrôlée jusque-là lui serra soudain la gorge. Seigneur, tout le monde allait se rendre compte qu'elle n'était pas à sa place et se moquer d'elle ! Il y aurait des paparazzi, des célébrités, l'humiliation allait être publique.

Cara crispa les doigts sur les accoudoirs, presque en état d'hyperventilation. Jack se contentait de l'observer en souriant, comme s'il s'attendait à la voir imploser. Elle refusa de lui donner cette satisfaction.

— Je sais qui il est. Je n'avais pas réalisé que c'était votre frère.

A présent qu'elle le savait, la ressemblance la frappait. Jack était sans doute un peu plus âgé, mais tout aussi séduisant, peut-être même plus. Cara avait beau ne pas lire les tabloïds, elle se rappelait bien un scandale autour de Nathaniel Wolfe : son frère avait tué leur père et Nathaniel, bébé, avait failli être noyé par sa mère. Bref, une histoire sordide. Et Jack avait grandi dans cette famille ? se demanda Cara avec un frisson.

— Nathaniel est mon demi-frère, expliqua-t-il au même moment. Nous n'avons pas la même mère. Sebastian, un autre demi-frère, sera présent également. Alex ne pourra pas être là mais vous rencontrerez Annabelle, sa jumelle. Nous avons tous les trois la même mère.

— Vous avez donc trois frères et une sœur…

Jack baissa les yeux un court instant, comme pour étudier un fil sur son pantalon, avant de redresser la tête. Son visage avait revêtu ce masque impénétrable que Cara avait appris à reconnaître.

— Nous sommes huit au total. J'ai trois autres demi-frères : Rafael, Jacob, Lucas.

Jacob. Oui, elle avait entendu ce nom. C'était le frère qui avait accidentellement tué leur père. Son cœur se serra comme elle posait un regard compatissant sur son compagnon. Son stoïcisme cachait-il une détresse secrète ? Elle aurait voulu le serrer dans ses bras mais quelque chose lui disait qu'il n'apprécierait pas ce geste.

— Y a-t-il autre chose que je devrais savoir ? demanda-t-elle.

— Non. Ah si, au sujet d'Annabelle. Elle a des cicatrices sur le visage, même si elle les cache bien. Si vous pouviez ne pas faire de commentaire…

Cara se redressa, outrée.

— Je ne me permettrais jamais ! Vous me prenez pour qui ?

Jack leva aussitôt la main en signe d'apaisement.

— Bien sûr. Excusez-moi.

Face à son évidente contrition, la colère de Cara se dissipa.

— Non, c'est à moi de m'excuser. Après tout, vous ne me connaissez pas vraiment. Rassurez-vous, je ne serai jamais grossière au point de faire une telle remarque.

Il acquiesça, puis le silence retomba. Plus ils approchaient de leur destination, plus Jack se retirait en lui-même. Sa tension montait, il se crispait manifestement. C'était comme si les kilomètres s'entassaient en un fardeau invisible sur ses épaules.

Lorsqu'ils arrivèrent à Londres — en retard suite à un problème au sol —, Jack était tellement tendu qu'elle crut qu'il allait exploser. Il n'était déjà pas d'un naturel décontracté mais c'était pire que tout ce qu'elle avait vu. Pour compliquer les choses, Cara se sentait complètement désarmée, impuissante à l'aider. Quels que soient les démons qui le hantaient, il devrait les affronter seul.

A l'aéroport, une limousine les attendait pour les conduire au Grand Wolfe Hotel. A ce stade, plus rien ne surprenait Cara, pas même d'apprendre que Jack avait un frère lui aussi assez riche pour posséder un hôtel en plein centre de Londres.

Un sourire d'autodérision lui échappa. Elle avait tellement méjugé son compagnon que c'en était presque risible. Et dire qu'elle se targuait d'être douée… Jack Wolfe l'avait complètement trompée avec ses allures de play-boy qui brûlait la chandelle par les deux bouts.

En sus de leur atterrissage tardif, ils perdirent du temps

dans la circulation dense qui se dirigeait vers la capitale. Sentant la nervosité croissante de Jack, Cara s'enhardit et posa une main sur la sienne. Elle la serra doucement, avec affection. Elle ne s'était pas attendue à une réaction de sa part mais lorsqu'il referma ses doigts sur les siens, elle sut qu'elle avait mis un pied dans la forteresse, franchi les barrières derrière lesquelles il se retranchait.

Ce n'était peut-être pas grand-chose, juste un début.

Jack jeta un coup d'œil à sa montre en arrivant au Grand Wolfe Hotel. Il avait planifié leur arrivée pour coïncider exactement avec le début du mariage. Et s'il avait prévu les problèmes de circulation, il n'avait pas anticipé un retard d'avion. Mais ils étaient là, c'était tout ce qui comptait. Il lui faudrait sourire, faire des politesses et prier pour réussir à éviter Jacob.

Ni ses frères ni sa sœur ne paraissaient voir d'objection au retour de Jacob, qui avait décidé de restaurer Wolfe Manor. Lui se moquait bien de la vieille maison familiale. Il l'aurait volontiers laissée tomber en ruine. Que le passé reste le passé.

Un bagagiste vint prendre leurs valises sitôt que la limousine les eut déposés devant l'hôtel. Sans attendre, Jack inspira une longue goulée d'air et entraîna Cara vers l'église voisine. La cérémonie avait sans doute commencé, il leur suffirait de se glisser au fond et de suivre la fin de la messe. Puis ils pourraient partir dans les premiers et revenir à l'hôtel.

A sa grande stupeur, Jack découvrit l'église vide, à l'exception de deux femmes de ménage qui s'employaient à y remettre de l'ordre. Une profusion de roses décorait l'autel et les bancs, dégageant une fragrance presque oppressante. Tournant les talons, il sortit. Cara le suivit sans un mot jusqu'à l'hôtel. Ce n'était pas la première fois qu'il y séjournait et il retrouva sans mal la salle de réception.

La foule y était plus éparse qu'il ne l'avait prévu, comme

si de nombreuses personnes étaient déjà parties. La même odeur de roses que dans l'église emplissait l'air. Les tables étaient à moitié remplies, quelques danseurs évoluaient encore au rythme d'une samba.

Il ne lui fallut pas longtemps pour repérer Annabelle. Appareil en main, elle prenait des photos. Elle s'approcha lorsqu'elle l'aperçut, son appareil posé contre son buste tel un bouclier.

— Tu es en retard, Jack.

Elle le dévisagea avec curiosité, mais il savait qu'elle ne ferait pas de commentaire sur son œil au beurre noir. Il l'étreignit, le plus légèrement possible — il savait qu'Annabelle n'aimait pas qu'on la touche.

— Il y a eu un problème à l'aéroport, expliqua-t-il, laconique. Où sont Nathaniel et Katie ?

— Partis pour leur lune de miel. Tu as tout raté.

Il n'y avait pas le moindre reproche dans sa voix : c'était Annabelle tout craché. Jack balançait entre la déception et le soulagement. Il savait dès l'atterrissage qu'ils seraient en retard mais il n'avait pas pensé manquer l'intégralité du mariage. Il avait compté assister à la fin de la cérémonie, parler à Annabelle et Sebastian, puis passer une nuit à l'hôtel (il ne voulait pas insulter son demi-frère en refusant son hospitalité) avant d'amener Cara dans sa maison de Londres.

Les présentations effectuées, Cara, Annabelle et lui bavardèrent un instant, puis sa sœur annonça qu'elle devait remballer son équipement.

— Est-ce que tout le monde est venu ? voulut savoir Jack, la retenant par le bras lorsqu'elle fit mine de s'éloigner.

Si elle comprit ce qu'il essayait de savoir, Annabelle n'en montra rien.

— Tout le monde sauf Alex. Oh ! et Rafael est venu seul.

— Leila est probablement retenue par son travail.

— Peut-être. Mais il avait l'air préoccupé.

Songeur, Jack la laissa enfin partir. Il nota que Cara se

mordillait de nouveau la lèvre, signe que quelque chose la préoccupait. Elle devait être déçue d'avoir raté le mariage.

— Je suis désolé que vous n'ayez pas rencontré Nathaniel, dit-il après quelques instants.

— Je m'en fiche, répondit-elle, levant vers lui son regard vert pailleté d'or. Je suis triste pour vous que nous ne soyons pas arrivés à temps.

Jack accueillit sa remarque d'un haussement d'épaules.

— Je verrai Nathaniel bientôt. De toute façon, je suis sûr que sa nouvelle femme l'intéresse bien plus que sa famille. Et c'est tant mieux.

— Je suis contente d'avoir rencontré votre sœur, en tout cas. Elle est très belle ; et semble très réfléchie.

— Elle n'a pas toujours été si sérieuse, répondit Jack abruptement.

Heureusement, Cara ne l'interrogea pas sur ce qu'il avait voulu dire.

— Et maintenant, nous faisons quoi ? demanda-t-elle en souriant.

Jack se détendit un peu. Comme il aimait la voir sourire ! A l'évidence, elle avait compris qu'il voulait parler d'autre chose. Jamais il n'avait eu une telle empathie avec quelqu'un. Surtout avec quelqu'un d'aussi sexy…

— Que diriez-vous d'un verre au bar de l'hôtel ? proposa-t-il, inspirant profondément pour contrôler l'embarrassante érection qui menaçait de déformer son pantalon.

— Avec plaisir.

Ils retraversèrent le hall en sens inverse. Plusieurs têtes se tournèrent sur leur passage comme ils se dirigeaient vers une table libre. Jack savait que c'était à cause de Cara. Ils prirent place.

Ce fut alors qu'il aperçut Jacob, accoudé au bar à l'autre bout de la pièce.

La colère explosa en lui avec une violence à laquelle il n'était pas préparé. C'était la première fois qu'il revoyait son frère depuis… combien de temps exactement ? Presque vingt ans. Il avait vieilli — ils avaient tous vieilli —, mais avait gardé la même prestance. De toutes les émotions qui traversèrent Jack en une fraction de seconde, la fureur était la plus forte.

— Jack, qu'est-ce qui ne va pas ?

Il perçut l'inquiétude dans la voix de Cara, sans toutefois pouvoir détourner les yeux de son frère. Jacob avait l'air sûr de lui, presque paisible. Jack sentit une haine farouche l'envahir tandis que des taches rouges éclataient devant ses yeux.

— J'ai changé d'avis, déclara-t-il en se levant abruptement. Nous prendrons un verre dans la chambre.

Cara fronça les sourcils, visiblement étonnée, avant de soupirer et de se lever à son tour. Lorsque Jack regarda de nouveau en direction du bar, Jacob avait disparu. Puis la foule s'écarta et il le vit qui venait vers lui d'un pas décidé.

Le premier instinct de Jack fut de l'accueillir d'un coup de poing dans les gencives. Mais il se refusait de montrer à Jacob à quel point sa présence l'affectait.

— Jack…

— Je n'ai pas envie de te parler, Jacob. Nous n'avons rien à nous dire. Nous n'avons rien à nous dire depuis le jour où tu as décidé de nous abandonner.

Jacob accueillit sa tirade avec une sérénité qui enflamma sa colère.

— Je comprends que ma présence te fasse un choc. Et je vois bien que le moment est mal choisi. Mais j'aimerais te parler quand tu seras calmé.

Jack fit un pas vers son frère, tremblant de fureur.

— Tu attends que je me calme ? Dois-je te rappeler que tu t'es enfui parce que tu ne supportais pas la pression ? Rien de ce que tu pourras dire ne m'intéresse, Jacob !

Son frère pinça les lèvres, puis acquiesça et tourna les talons. Toujours aussi furieux, Jack le regarda battre en retraite. Une nouvelle fois, il ressentit l'impression d'être abandonné, comme cela avait été le cas quand Jacob s'était enfui de la maison. Son frère avait toujours été pour lui une figure paternelle, rôle que son géniteur biologique n'avait jamais tenu.

— Jack ? Vous êtes prêt ?

La main de Cara glissa sur son bras, l'arrachant à ses idées noires. Elle le regardait avec un mélange d'inquiétude et de tendresse. Instinctivement, il couvrit sa main de la sienne.

Normalement, après un épisode pareil, il aurait voulu être seul. Cette fois, étrangement, ce n'était pas le cas.

— Oui, répondit-il. Allons-y.

Cara s'aperçut qu'ils partageaient une suite mais ne protesta pas. Il y avait un canapé-lit dans le salon et un lit immense dans la chambre, ils pourraient donc dormir chacun de leur côté. Et puis son instinct lui disait qu'il valait mieux ne pas laisser Jack tout seul. Elle n'était pas sûre de comprendre ce qui s'était passé dans le bar, mais l'épisode l'avait visiblement ébranlé.

Il avait perdu son calme, chose qu'elle ne l'avait jamais vu faire. Même lorsqu'il avait frappé les acolytes de Bobby, il l'avait fait froidement, de façon calculée, pas dans une rage aveugle. Elle avait cru, l'espace d'un instant, qu'il allait se jeter sur son frère et lui arracher les yeux.

Il se tenait à présent près de la fenêtre, les mains dans les poches, les épaules légèrement voûtées. Il n'avait pas prononcé un mot depuis qu'ils avaient quitté le bar.

— Vous voulez que j'appelle le service d'étage ? proposa-t-elle.

— Oui.

Avec une décontraction feinte, Cara parcourut la carte des boissons.

— Qu'est-ce qui vous ferait plaisir ?

— Commandez une bouteille de champagne. Ou ce que vous voulez.

— Du champagne, c'est très bien.

Cara décrocha le téléphone, regardant autour d'elle avec un frisson d'excitation. Elle n'avait jamais recouru au service d'étage, encore moins dans un hôtel d'une telle magnificence ! Les murs de la suite étaient recouverts d'un papier de soie bleu, le lustre qui éclairait le salon formait une explosion de cristal au milieu de la pièce, ses tiges de verre entrelacées telles des fleurs multicolores. Un Chesterfield, flanqué de deux fauteuils modernes en cuir, trônait sur le plus grand tapis persan que Cara avait jamais vu. Tout dans la suite respirait le luxe.

En attendant le champagne, elle s'approcha d'un bureau Louis XVI en marqueterie. Dans un tiroir, elle trouva un paquet de cartes. Par habitude, elle les sortit et se mit à les battre. Leur contact lui procura un sentiment d'apaisement ; pourtant, presque aussitôt, la perspective de ne plus jamais travailler comme croupière lui serra le cœur. Bobby avait le bras long, il veillerait sûrement à l'inscrire sur une liste noire. Plus aucun casino ne voudrait l'employer. Mais à quoi bon se lamenter ? Ce qui était fait était fait.

Quelques instants plus tard, leur champagne arriva sur une table roulante recouverte d'une nappe blanche. Jack tendit un billet au serveur, puis ouvrit la bouteille et remplit deux flûtes. Il prit la sienne avant de retourner se poster devant la fenêtre, où il l'avala d'un trait. Après une hésitation, Cara s'approcha de lui pour le resservir.

— J'ai trouvé un paquet de cartes, annonça-t-elle. Une petite partie, ça vous tente ?

Lentement, il se tourna vers elle.

— Je sais que vous êtes habitué à gagner, reprit-elle, mais vous n'avez jamais joué contre moi. J'essaierai de ne pas vous humilier.

Jack ne pouvait résister à un tel défi, elle le savait. Et si elle était loin d'être aussi sûre d'elle qu'elle l'affirmait, elle était prête à tout pour le sortir de sa torpeur. Elle comprit qu'elle avait réussi lorsqu'il demanda :

— Quels sont les enjeux ?

— Si je gagne, vous m'emmenez dans un lieu touristique que je vais adorer mais que vous détesterez.

— Du genre ?

— Je ne connais pas Londres, je ne sais pas… Une visite de nuit de Whitechapel, sur les traces de Jack l'Eventreur ; ou un banquet Henri VIII. Quelque chose de kitsch et d'éminemment touristique, en tout cas.

Cara aurait juré voir l'ombre d'un sourire étirer les lèvres de Jack.

— Et si c'est *moi* qui gagne ?

— Je vous emmènerai où vous voulez.

— Ce n'est pas très excitant, tout ça. J'ai une meilleure idée.

Il baissa les yeux sur elle. Cara sentit instantanément ses seins se durcir.

— Laquelle ? demanda-t-elle d'une voix étranglée.

— Nous jouons nos vêtements.

8.

Cara entendait son cœur rugir. Un strip-poker. En était-elle capable ? Car elle savait ce qui se passerait si elle perdait. Et elle n'était pas sûre d'y être préparée.

Elle prit une profonde inspiration pour se redonner du courage. Le mieux, c'était encore de ne pas perdre. Elle était douée au poker, sans doute parce qu'à force de se tenir de l'autre côté de la table, elle avait acquis une connaissance des cartes presque instinctive.

— Très bien, répondit-elle. Allons-y pour les vêtements.

Jack sourit pour la première fois depuis des heures. C'était un sourire presque carnassier, suprêmement confiant, qui fit exploser une bouffée de chaleur dans le ventre de Cara.

— Installons-nous à ce bureau, proposa-t-elle.

— Mettons-nous plutôt sur le lit. Nous aurons plus de place.

Cara sentit ses pommettes s'enflammer, pas sous le coup de l'embarras mais sous l'effet d'une surcharge émotionnelle. Elle allait jouer au strip-poker avec Jack, sur un lit pour couronner le tout. Et elle avait envie de gagner, car elle voulait revoir ce corps magnifique…

— Comme vous voudrez, répondit-elle de son air le plus nonchalant. Allons-y.

— Après vous.

Cara le précéda dans la chambre, où elle se débarrassa de ses chaussures avant de s'asseoir en tailleur sur le lit. Lorsqu'elle redressa la tête, Jack la dévisageait avec une intensité troublante.

— Et si nous oubliions les cartes pour passer directement à ce qui nous intéresse ? suggéra-t-il.

— Ne dites pas n'importe quoi. Asseyez-vous et préparez-vous à perdre votre chemise.

Avec un sourire, il retira à son tour ses chaussures avant de prendre place face à elle. Le lit offrait une belle surface de jeu, aussi peu orthodoxe soit-elle. Cara battit les cartes, Jack les mélangea, puis elle distribua.

— J'adore vous voir caresser les cartes…

— N'essayez pas de distraire le donneur, répliqua Cara.

Elle ramassa sa main. Lorsqu'elle regarda Jack, il l'observait également. Chacun essayait de jauger l'autre.

— Vous bluffez très bien, princesse.

— Qu'est-ce qui vous fait croire que je bluffe ?

— Je sais lire sur le visage des gens. Mais vous cachez admirablement vos émotions. Je l'avais déjà remarqué à Nice.

— Question d'habitude.

D'un air assuré, Jack demanda deux cartes. Cara étudia de nouveau son jeu, analysant les probabilités. Elle avait deux cinq. Elle se débarrassa finalement de trois cartes et redistribua. Elle reçut un as, un deux et un autre cinq. Même si elle n'avait rien d'extraordinaire, c'était une bonne main. Ils misèrent, puis Jack demanda à voir.

Lorsqu'elle abattit ses cartes, il se contenta de sourire. Elle avait déjà vu cette expression sur son visage, lorsque l'homme de main de Bobby avait cru gagner. Mais lorsqu'il révéla à son tour son jeu, Cara constata avec soulagement qu'il avait perdu. Il n'avait qu'une paire, elle un brelan.

— Votre chemise, je vous prie.

Il la déboutonna sans hésiter, s'en débarrassa et la lui lança. Cara le dévisagea d'un air accusateur.

— Vous portez un T-shirt dessous !

— Ce n'est pas interdit, que je sache ? Il fallait vous en préoccuper avant.

Cara se renfrogna tandis que Jack partait d'un rire grave. Heureusement, il perdit également le tour suivant. Il n'en parut pas outre mesure perturbé et Cara se demanda s'il le faisait délibérément, dans le but d'endormir sa méfiance. Quand il enleva son T-shirt, elle étouffa un hoquet. Tout le côté gauche de son torse, celui où les gorilles de Bobby s'étaient acharnés, avait pris une teinte bleu noir.

— Ne vous en faites pas. C'est spectaculaire, mais moins grave que ça en a l'air. J'ai des muscles solides qui ont protégé mes côtes. Apparemment, ça sert à quelque chose de faire de la musculation.

Cara déglutit, lorgnant malgré elle ses pectoraux saillants et son ventre plat. Jack n'était pas gonflé comme certains culturistes, mais mince et puissant comme un guépard. Elle avait une terrible envie de le toucher.

Réprimant cette pulsion, elle se concentra sur les cartes. Si elle se laissait distraire, Jack en profiterait. Elle aurait à peine le temps de comprendre ce qui lui arrivait.

Ils jouèrent la main suivante rapidement. Le premier indice du fait qu'elle avait perdu fut le sourire réjoui de Jack. Les deux paires qu'il abattit ne firent que confirmer sa défaite.

— Votre robe ? fit-il de l'air d'un chat qui venait de capturer une souris.

Cara songea un instant à lui proposer d'enlever sa culotte, parce que sa robe continuerait de la protéger. Mais si elle perdait une nouvelle main ? Elle ne pourrait pas ôter son soutien-gorge sans retirer sa robe cette fois, et elle se retrouverait bien plus exposée.

Une sensation de chaleur l'alanguit soudain, lui donnant l'impression que ses os étaient en train de fondre. Etait-ce de l'embarras ou de l'excitation sexuelle ? Préférant ne pas répondre à la question, elle se mit à genoux et agrippa l'ourlet de sa robe. Elle ne pouvait pas changer les règles du jeu en cours de partie. Il ne lui restait plus qu'à faire preuve de courage.

Lentement, elle révéla ses cuisses, son ventre, puis sa poitrine avant de laisser tomber sa robe. Le regard de Jack s'était assombri. Cara savait ce qu'il voyait : la dentelle blanche de sa culotte ne cachait pas grand-chose, à l'instar de son soutien-gorge à balconnets. Ses seins, tendus par l'excitation, paraissaient sur le point de s'en échapper d'une minute à l'autre.

— Satisfait ? demanda-t-elle.

— Non, j'en suis loin.

— C'est à moi de donner.

Cara ramassa les cartes, se penchant juste assez pour donner l'impression que ses seins allaient sortir de leur prison de dentelle. C'était une manœuvre de bas étage, elle le reconnaissait, mais elle s'en moquait. Il lui fallait le déconcentrer à tout prix. Elle devait être aussi impitoyable que lui.

— Je crois que je n'ai jamais rien vu d'aussi sexy qu'une femme qui distribue les cartes en sous-vêtements.

— Vous m'en voyez surprise. Je pensais que vous étiez un adepte du strip-poker.

— Les parties ne durent en général pas si longtemps.

— Mais nous n'avons joué que trois tours…

Il sourit, un sourcil levé en accent circonflexe.

— Les femmes avec qui je joue en général préfèrent perdre très vite. Ce n'est pas le poker qui les intéresse.

Cara se rembrunit, tentant de ne pas se l'imaginer dans les bras d'une autre. A moins que ce ne soit précisément ce qu'elle devait faire pour éviter de tomber amoureuse de lui…

— Concentrez-vous sur la partie, répliqua-t-elle. Vous n'arriverez pas à me distraire en parlant de sexe. Me battre ne sera pas si facile que vous le croyez.

— Vous n'avez toujours pas compris, Cara ?

— Compris quoi ?

— Que je ne perdais jamais.

— Moi non plus.

Les tours suivants se passèrent sans événement majeur, chacun se couchant à tour de rôle faute de jeu. Lorsque Jack se leva pour aller chercher la bouteille de champagne, Cara le suivit d'un regard avide. Ses muscles roulaient sous sa peau au moindre de ses mouvements. Une nouvelle fois, elle se surprit à le comparer à un félin.

— Il fait chaud, n'est-ce pas ? remarqua-t-il. Encore un peu de champagne ?

Cara acquiesça. Elle avait la gorge sèche, soupçonnant toutefois que la soif n'y était pour rien. Le plus important, c'était de continuer à garder ses vêtements sur le dos. Jack paraissait bien plus détendu que lorsqu'ils étaient entrés dans la chambre, ce qui signifiait qu'elle avait atteint son but. Elle n'était pas naïve au point d'imaginer qu'il avait oublié l'incident du bar mais, pour le moment du moins, il n'y pensait plus.

Elle réprima un cri de joie lorsqu'elle le battit au tour suivant.

— Je me fais une joie de revoir vos jambes, ironisa-t-elle. Enlevez ce pantalon.

Avec un soupir, Jack se redressa. Cara sentit un filet de sueur perler au-dessus de sa lèvre comme il portait ses mains à sa ceinture, puis faisait glisser son pantalon au sol. Il portait un caleçon noir, déformé par une impressionnante protubérance.

— Ainsi que vous pouvez le voir, je suis prêt pour vous, princesse. Nous pouvons arrêter de jouer et passer aux choses sérieuses.

Cara dut bien reconnaître mentalement qu'elle était tentée. Mais plus elle avait envie de Jack, moins elle devait lui céder. Jamais elle n'avait désiré un homme à ce point, ce qui n'augurait rien de bon. Et si elle tombait amoureuse de lui ? Et s'il lui brisait le cœur ? Elle doutait être capable d'une nuit de plaisir sans lendemain.

« Tu joues au strip-poker avec cet homme ! lui souffla une voix ironique. Tu ne crois pas que c'est exactement ce qui va se passer ? »

Elle la fit taire aussitôt et lança à son compagnon de jeu un regard narquois.

— La vérité, c'est que vous voulez arrêter parce que vous détestez perdre, répliqua-t-elle.

— Je n'ai pas encore perdu. Distribuez.

Cara s'exécuta. La chance n'était pas de son côté et elle ne tarda pas à se coucher. Elle fit de même lors des trois tours suivants.

— Vous essayez de repousser l'inévitable ? ironisa Jack.

— Je n'ai pas de bonnes cartes, c'est tout. Il n'y a pas de limite de temps au poker.

Il s'écoula encore quinze minutes avant qu'elle obtienne enfin une main dont elle estimait pouvoir faire quelque chose. Une seule carte la séparait d'une couleur. C'était un risque mais, lorsqu'elle tira un carreau, Cara jubila intérieurement.

— Essayez de faire mieux, lança-t-elle d'un ton triomphal, lorsque le moment vint de révéler son jeu.

A sa surprise, un sourire éclatant apparut sur le visage de Jack.

— Avec plaisir.

Lorsqu'il révéla un full, Cara se maudit intérieurement. Pourquoi ne l'avait-elle pas vu venir ? Parce qu'il était très doué, c'était aussi simple que cela.

— Votre soutien-gorge, murmura-t-il, le regard brillant. Otez-le.

Le cœur battant la chamade, Cara se redressa et mit ses mains derrière son dos pour dégrafer son soutien-gorge. Elle le retint un instant contre sa poitrine quand il s'ouvrit, puis le laissa glisser.

Un flot brûlant lui remonta le long du cou mais elle résista à l'impulsion de se couvrir. Au contraire, elle mit les poings sur ses hanches et défia Jack du regard.

— C'est bon, déclara-t-il. J'abandonne.

Lançant les cartes à travers la pièce, il la saisit par le bras. Une bouffée de panique s'empara de Cara, qu'elle réprima aussitôt. Elle se laissa aller. Puisque c'était ce qu'elle voulait, à quoi bon résister ?

— Vous êtes incroyablement belle, souffla Jack avant de conquérir ses lèvres.

Le premier réflexe de Cara fut de le repousser. Mais elle se rendit compte dans le même temps qu'elle ne pouvait pas arrêter ce qui se passait entre eux, pas plus qu'elle n'aurait pu stopper un train lancé à pleine vitesse. Cela faisait deux jours que la tension montait. Elle n'avait d'autre choix, à présent, que de se laisser porter. Elle voulait sentir cet homme sur elle, en elle.

Elle mêla ses doigts à ses cheveux, s'autorisant enfin à le toucher, à jouir de lui. Jack l'attira et la souleva en même temps, si bien qu'elle se trouva assise les jambes de part et d'autre de lui. Il lui enveloppa alors les fesses de ses mains pour l'appuyer contre son érection.

Cara se mit à haleter, le ventre inondé d'un flot de plaisir. Cela faisait longtemps qu'un homme ne l'avait pas tenue dans ses bras. Leur baiser s'approfondit, leurs souffles se mêlèrent en une danse passionnée. Lorsque la main de Jack couvrit l'un de ses seins, elle se cambra en arrière, laissant échapper un gémissement d'extase. Il en pinça la pointe, puis l'aspira doucement entre ses lèvres.

— Jack, haleta-t-elle. Oh, Jack…

Des larmes lui brûlaient les yeux. Des larmes de joie, de frustration, d'une tristesse inimaginable. Elle ne savait pas pourquoi il lui faisait ressentir toutes ces émotions, mais elles étaient physiquement douloureuses.

— Je sais, souffla-t-il avant de descendre une main le long de son ventre.

Il glissa sous la dentelle et trouva presque aussitôt la perle moite qui s'y nichait. Ses doigts, si habiles avec les cartes, jouaient à présent d'elle comme d'un instrument. Il massait, pinçait, effleurait, appuyait… Puis il glissa en elle, continuant du pouce ses caresses infernales. Ses lèvres étaient toujours sur ses seins, passant de l'un à l'autre, brûlantes et démoniaques.

Cara sentit une bulle de félicité enfler en elle, l'emplir tout entière. Dans la seconde qui suivit, la chambre s'illumina de lumières éclatantes, puis l'orgasme la faucha avec une brutalité qui lui coupa le souffle. Elle cria de plaisir et de stupeur mêlés comme son corps basculait dans l'abîme.

9.

Un bruit d'eau courante éveilla Cara. Un bruit de douche qui coulait. Elle se redressa dans le lit, d'abord désorientée, jusqu'au moment où tout lui revint. Elle se rappelait où elle était. Et ce qu'elle avait fait.

Seigneur !

Son corps était lourd de plaisir. Une légère douleur pulsant entre ses cuisses attestait de la passion avec laquelle Jack l'avait possédée, encore et encore, tout au long de la nuit. Elle n'avait jamais eu un amant tel que lui, si attentif à ses besoins, si prompt à les satisfaire. Une fois de plus, elle se dit que c'était un homme dont elle pourrait si facilement tomber amoureuse…

Cara ramena ses genoux contre sa poitrine, réprimant un frisson. Non, elle ne devait pas s'aventurer sur ce terrain. Elle était adulte, elle avait simplement couché avec Jack pour satisfaire une pulsion mutuelle. Les choses s'arrêtaient là.

Rejetant les draps, elle se leva et se dirigea vers le dressing, où elle décrocha un épais peignoir éponge. Elle s'apprêtait à ressortir lorsqu'un miroir sur le mur opposé l'arrêta net. Qui était cette femme qui la dévisageait ?

Son corps nu semblait rayonner. Sa peau était lumineuse, ses longs cheveux retombaient pêle-mêle sur ses épaules, ses yeux verts étaient encore lourds de sommeil et de sensualité. Elle se fit l'effet d'une femme qui avait fait l'amour pendant des heures. Et c'était le cas !

Vaguement désorientée, elle prit des sous-vêtements dans

la valise et entra dans la salle de bains. Debout devant le miroir, une serviette nouée autour de la taille, Jack était en train de se raser. Il se retourna vers elle.

Cara chercha désespérément quelque chose à dire mais sa langue resta collée à son palais. Heureusement, son amant vint à sa rescousse. Il l'attira et l'embrassa, laissant sur son visage une odeur fraîche de savon et de gel de rasage. Cara ouvrit les lèvres pour laisser sa langue s'immiscer en elle, aspirer la sienne. Déjà, une farouche érection pointait contre son ventre. Avec fébrilité, elle écarta la serviette de Jack et referma les doigts sur son sexe.

Il poussa un gémissement presque animal. Dans la seconde qui suivit, il lui ôta son peignoir et la fit se tourner vers le miroir.

— Je veux que tu voies ce que tu me fais..., souffla-t-il. Et ce que je te fais.

D'une main, il couvrit l'un de ses seins pour le presser doucement. Sa peau sombre ressortait contre celle de Cara, plus laiteuse. Elle rougit en voyant ses aréoles se contracter, les pointes de ses seins se tendre vers son reflet.

— Tu es magnifique, reprit Jack. La plus belle femme que j'aie jamais vue.

Elle crut qu'il allait la ramener vers le lit mais il la courba en avant, face à la glace, et se positionna derrière elle. Cara hoqueta de stupeur et d'excitation, puis gémit de plaisir lorsqu'il l'emplit d'une seule poussée. Il se mit à bouger en elle, d'abord lentement, puis de plus en plus vite, la défiant à travers le miroir de détourner le regard. Mais Cara n'en fit rien. Les yeux dans le reflet des siens, elle ne perdit pas une miette du spectacle et explosa en quelques minutes. Aussitôt après, Jack se répandit en saccades brûlantes en elle.

Lorsqu'il se retira, Cara éprouva un sentiment de manque presque douloureux. Ce qu'ils partageaient était si intense qu'elle aurait presque juré qu'il s'agissait d'une fusion de leurs âmes autant que de leurs corps. Elle se morigéna aussitôt, se reprochant sa naïveté. Jack était un homme éminemment sensuel. Il avait fait l'amour à des dizaines de femmes. Elle n'était que la dernière en date, elle ne devait surtout pas l'oublier.

L'après-midi venu, ils quittèrent l'hôtel. Cara crut qu'ils rentreraient à Paris mais, au lieu de cela, Jack l'emmena dans un appartement qui dominait la Tamise. Comme celui de Paris, il était meublé de façon aussi moderne qu'élégante.

Ces derniers jours avaient été merveilleux. Peut-être même un peu trop, songea Cara en étudiant la vue qui s'offrait à elle. Car elle n'avait plus aucune envie de réclamer à Jack l'argent qu'il lui avait promis. Elle n'avait pas davantage envie de partir. Pourtant, il le fallait…

— Tu as des nouvelles de mon passeport et de ma carte de crédit ?

— C'est en cours.

— Tu te rends compte que je suis condamnée à rester tant que je n'ai pas mon passeport, n'est-ce pas ?

Jack reposa le courrier qu'il avait entrepris de parcourir pour lui décocher un regard flamboyant.

— Tu es déjà pressée de partir ?

— J'ai accompli ma part du marché.

Le visage de Jack, à ces mots, se ferma.

— Tu auras ton argent et ton passeport dans les plus brefs délais.

Cara soupira, consciente d'avoir commis une erreur. Elle aurait voulu se glisser dans ses bras, lui avouer qu'elle n'avait aucune envie de partir, mais que c'était la seule façon pour elle de ne pas souffrir.

Car elle se sentait tomber amoureuse de Jack, et chaque minute qu'elle passait en sa compagnie aggravait la situation. Elle savait qu'elle ne pouvait pas lui ouvrir son cœur, sous peine de connaître rapidement le même dépit que sa mère. Jack était un amant merveilleux, mais il l'était aussi sans aucun doute avec ses autres maîtresses. Il n'était pas amoureux d'elle.

— Cette histoire ne va nulle part et tu le sais, déclara-t-elle.

— Nous avons passé une seule nuit ensemble. Tu ne crois pas qu'il est un peu tôt pour penser à l'avenir ?

— Moi, je dois penser à l'avenir. Il faut que je me trouve un travail pour commencer. Tu ne vas tout de même pas me demander de rester contre de l'argent ?

— Non, répondit Jack, la mine sombre. Cet aspect de notre relation est terminé. Nous sommes passés à autre chose.

— A quoi, exactement ?

Sa mâchoire se crispa.

— Je serai dans mon bureau si tu as besoin de quoi que ce soit.

— C'est comme ça que tu termines toutes tes conversations ? En te débinant ?

— Quelle conversation, Cara ? Tu as dit que tu voulais partir, je t'ai répondu que je faisais de mon mieux pour t'aider.

— Tu ne laisses personne pénétrer dans ta forteresse, n'est-ce pas ?

Une surprise fugitive apparut sur le visage de Jack, vite remplacée par un masque d'indifférence.

— Je serai dans mon bureau, répéta-t-il.

Puis il sortit, refermant doucement la porte derrière lui.

Lorsque Jack en eut terminé avec ses différentes transactions, il referma son ordinateur. Sa montre indiquait 8 heures. Il avait gagné une centaine de milliers de dollars mais il s'en moquait. La soif qui le dévorait et s'intensifiait d'heure en heure n'était pas celle de gagner de l'argent.

Il trouva Cara debout sur le balcon du salon, la ville étendue à ses pieds en un tapis de lumière. Appuyée sur la rambarde, un verre à la main, elle écoutait la clameur urbaine qui montait des rues. Elle portait toujours la robe vert océan avec laquelle elle était arrivée ; elle avait posé un pied nu sur la balustrade.

— Tu as faim ? demanda-t-il.

Cara bondit avant de se retourner, la main sur le cœur.

— Bon sang, tu m'as fait une peur de tous les diables !

Jack adorait son accent, sa façon appuyée et sensuelle de prononcer certains mots. Ses origines cajun, sans doute… Sa voix évoquait des nuits lourdes et moites, le parfum du musc et de l'encens. Il brûlait d'envie d'en savoir plus sur elle, de faire sienne son âme comme il avait possédé son corps.

— A quoi pensais-tu ?

— A beaucoup de choses, répondit Cara.

— Par exemple ?

— A mon travail. A ma mère. A toi.

— A moi, vraiment ? Puis-je en savoir plus ?

Elle l'étudia d'un regard chaud, dense comme l'onyx. Jack eut l'impression qu'elle se demandait quoi répondre.

— Je me disais que je te connaissais à peine, avoua-t-elle enfin. Et que j'aurais voulu pouvoir aller plus lentement.

— Il n'y a rien de mal à aller vite, Cara. Il faut parfois savoir prendre des risques.

— Je crois que je ne suis pas très douée pour ça.

— Au contraire, je dirais que tu as un talent inné.

— Non, vraiment, je… Tout ça est trop rapide pour moi.

Jack voyait bien qu'elle était réellement angoissée mais il était trop tard pour avoir des regrets. Il n'avait aucune intention de faire machine arrière. Il avait bien trop besoin d'elle.

Besoin ? se reprit-il aussitôt, interloqué d'avoir eu une telle pensée. Ce n'était pas un mot qu'il employait habituellement, moins encore en relation avec une femme. Pourtant, c'était celui qui convenait. Et il avait bien l'intention de ne pas lâcher Cara aussi aisément, d'autant qu'il savait que leur attirance était réciproque.

— Que suggères-tu ? demanda-t-il en lui prenant le verre des mains pour en boire une gorgée.

Ce geste d'une tendre intimité, qu'il n'avait pas calculé, la fit rougir jusqu'aux oreilles. Jack songea qu'il pourrait s'y habituer trop facilement s'il n'y prenait pas garde.

— Je pense que nous devrions parler, lâcha-t-elle enfin.

— Très bien.

Il voyait déjà venir les interrogations habituelles sur ses sentiments profonds, ses projets d'avenir. Il avait eu cette discussion avec des dizaines de femmes et était passé maître dans l'art de naviguer entre les écueils. Il savait comment répondre à toutes les questions.

A toutes, sauf à celle qu'elle lui posa.

— Explique-moi ce qui s'est passé hier dans le bar.

10.

Le regard de Jack, si lourd de promesses jusqu'à cet instant, changea du tout au tout. Il se mit à briller avec la froideur du métal.

Malgré cela, Cara ne regrettait pas d'avoir posé la question qui la démangeait depuis la veille. Elle voulait savoir à quoi s'en tenir. S'il la repoussait une nouvelle fois, si elle se heurtait encore à une muraille, elle saurait qu'il était temps pour elle de lui dire adieu à tout jamais.

Il prit une nouvelle gorgée de son vin puis, après quelques instants de silence, déclara :

— C'est une longue histoire.

— Ça tombe bien, j'ai tout mon temps.

— Voilà la version condensée : Jacob nous a tous abandonnés au moment où nous avions le plus besoin de lui. Mon frère Lucas lui a succédé comme chef de famille ; or, lui non plus n'a pas supporté la pression. Il est parti à son tour. J'étais le suivant. Moi, je ne me suis pas enfui.

Cara écoutait, les oreilles grandes ouvertes, redoutant presque de l'interrompre. Mais il s'était arrêté de lui-même et poussa un long soupir.

— Je suis désolée, murmura-t-elle.

L'histoire était bien plus complexe que cela, elle en était sûre. Pourtant, elle ressentait déjà sa douleur comme si c'était la sienne. Elle savait ce que c'était que d'assumer précocement de lourdes responsabilités.

— J'avais dix-sept ans, poursuivit-il d'un ton amer. Et j'ai dû m'occuper de quatre autres enfants. Je l'ai fait du mieux que j'ai pu, alors que c'était le rôle de Jacob. Il s'est défilé.

— Pas toi.

— Non.

— Ça va peut-être te paraître étrange, mais je comprends ce que tu ressens. L'ouragan Katrina a bouleversé notre vie. Je sais que ce n'est pas la même chose pourtant, moi aussi, j'ai dû faire des choix par sens du devoir.

Jack secoua la tête, le regard brillant de colère. Une colère qui, elle le sentait, ne lui était pas destinée.

— Tu ne sais pas ce que j'ai vécu, Cara. Et c'est tant mieux.

— J'ai fait des sacrifices, moi aussi…

— Ce n'est pas de ça que je parle.

— Dis-moi de quoi il est question, alors.

— Je… Bon sang !

Il se tut, passant les doigts dans ses cheveux. Cara lui posa une main apaisante sur l'avant-bras.

— Tout va bien, Jack. Tu peux me parler.

— C'est moche… Tu n'as pas idée.

Elle se mordit la lèvre, hésitante. Voulait-elle vraiment savoir ? L'angoisse sur le visage de Jack la culpabilisait. Elle essaya d'aborder le sujet sous un angle qu'elle espérait moins dramatique.

— Que crois-tu que voulait te dire ton frère ?

Elle avait vu la façon dont Jacob l'avait regardé, avec du remords dans ses yeux. Il avait paru sur le point de dire quelque chose d'important.

Jack ouvrit la bouche et la referma, le visage dur comme du granit. Puis il l'attira à lui et perdit ses lèvres au creux de son cou. Un frisson d'excitation parcourut Cara, accompagné cependant d'une bouffée de tristesse. Il avait été à deux doigts de s'ouvrir à elle, mais avait décidé de ne pas le faire. Tout ce qu'il attendait d'elle, c'était du plaisir. Rien d'autre.

Elle avait le choix. Elle pouvait faire comme si rien ne s'était passé, comme si son refus de se confier ne l'avait pas affectée ; oui, elle pouvait lui céder, s'abandonner au plaisir qu'il lui promettait.

Ou alors elle pouvait le repousser et aller se coucher. Ce n'était pas un choix facile, mais elle devait s'affirmer. Elle n'était pas son jouet, elle n'était pas à sa disposition, simple poupée destinée à satisfaire ses besoins sexuels. Elle valait mieux que cela. Et si Jack ne le pensait pas, *elle* en était persuadée !

Ses lèvres, sur son cou, traçaient des cercles magiques. Encore quelques secondes et elle n'aurait plus la force de dire non.

— Je suis fatiguée, Jack. J'ai eu une longue journée.

Il se raidit et, après quelques secondes, fit un pas en arrière. Ses yeux, dans le crépuscule, flamboyaient comme du cuivre en fusion. Elle fut un instant tentée de l'embrasser, d'apaiser ce visage torturé, mais cela aurait détruit tous ses efforts.

— Dans ce cas, je te dis bonne nuit, fit-il d'une voix lugubre.

Puis il la laissa seule sur le balcon. Les bruits urbains qui montaient de Londres résonnaient dans ses oreilles comme une plainte.

Que lui voulait Jacob ? C'était la question à un million de dollars. Mais rien de ce que pourrait dire son frère ne changerait ses sentiments à son égard.

Jack maudissait Cara, à présent. C'était à cause d'elle qu'il s'interrogeait sur Jacob, quand il en était presque venu à oublier l'incident du bar. Revoir ce visage aimé et honni… Le seul fait d'y repenser lui donnait la nausée. Et dire qu'il avait cru avoir fait la paix avec son passé ! Il réalisait, un peu tard, qu'il n'en était rien.

Comment expliquer à Cara ce qu'il avait ressenti en recroisant Jacob ? Et surtout, pourquoi le faire ? Il ne voulait pas lui parler de son enfance. Il redoutait trop de lire la pitié sur son visage lorsqu'il lui raconterait tout.

Les coudes sur son bureau, il se prit la tête entre les mains. Il était 2 heures du matin et il ressassait toujours la même chose. Il pensait toujours à *elle*. Il était à deux doigts d'aller la trouver pour tout lui expliquer. Sauf qu'il ne comprenait pas comment ce qui s'était passé des années auparavant concernait leur relation.

Ivre de frustration, il tapa sur une touche de son ordinateur pour le ranimer. Les marchés japonais avaient ouvert depuis déjà plusieurs heures. Il était en retard, mais il avait encore largement le temps de s'enrichir.

Lorsque Cara se réveilla, la lumière du jour découpait des bandes couleur soleil sur les draps de son lit. Un lit où, à l'évidence, elle avait dormi seule. Jack avait-il utilisé le canapé ? se demanda-t-elle avec un pincement de culpabilité. Ou pire encore : était-il parti ?

Elle repoussa les draps et passa en hâte un peignoir. Sans raison logique, l'idée qu'il avait pu l'abandonner la paniquait. Plutôt que de s'attarder à analyser ce phénomène, elle sortit de la chambre pour explorer l'appartement.

Jack n'était ni dans la cuisine, ni dans le salon, ni sur le balcon qui longeait la façade.

Cara s'arrêta, l'oreille tendue, puis comprit en entendant le cliquetis d'un clavier qu'il était dans son bureau. Elle poussa la porte entrouverte et s'arrêta sur le seuil.

— Tu as dormi ? demanda-t-elle d'une voix rauque.

Il tourna brutalement la tête avant de pivoter vers la fenêtre, comme s'il se rendait compte à l'instant qu'il faisait jour. Refermant son écran, il fit rouler sa chaise loin du bureau.

— J'ai perdu la notion du temps.

— Tu as passé la nuit sur ton ordinateur ?

— Oui. Mais c'est la fin de la journée sur les marchés asiatiques.

— Tu as gagné de l'argent ?

La question le fit sourire. Etonnamment, il ne paraissait

pas fatigué. Seuls ses vêtements froissés et sa barbe naissante attestaient du fait qu'il avait passé une nuit blanche.

— Beaucoup d'argent, oui. Comme d'habitude.

— Je suis sûre que tes clients en seront ravis.

— Ils le sont en général. Mais en l'occurrence, ce n'était pas leur argent que je jouais.

Que je jouais... Comme elle l'avait supposé, marchés financiers ou casinos ne faisaient aucune différence pour lui. Ce qui l'attirait, c'était le risque. La chance était sa muse, sa compagne, son ombre. Cara ne comprenait pas comment il pouvait supporter autant d'incertitude.

— Dans ce cas, heureusement que tu as gagné.

— Oui. Ça va profiter à beaucoup de gens.

— Comment ça ?

Jack fourra les mains dans ses poches et lui retourna un regard étrange, presque embarrassé.

— Je redistribue beaucoup de ce que je gagne à ceux qui en ont besoin.

— Tu veux dire que tu en fais don à des œuvres ?

— Tu as l'air surprise.

— Non, pas du tout, le rassura-t-elle aussitôt.

Mais il l'avait bel et bien prise en défaut. Et elle en avait honte. Pourquoi l'avait-elle cru égoïste, préoccupé uniquement par son enrichissement personnel ? N'avait-il pas foncé tête baissée quand elle avait été en danger, ou du moins quand il l'avait *crue* en danger ? N'était-ce pas un signe d'altruisme ?

Avec un haussement d'épaules, Jack passa ses doigts dans ses cheveux pour y remettre un semblant d'ordre.

— Ce n'est pas grave, je comprends. Je ne me suis pas vraiment présenté sous mon meilleur jour, jusqu'à présent.

— Comme je te l'ai dit, nous nous connaissons à peine. Nous avons tout fait à l'envers.

— Nous devrions peut-être repartir de zéro et faire les choses à l'endroit alors.

Cara sentit une bouffée d'espoir lui monter à la gorge.

— Tu le penses vraiment ?

Il se leva, puis s'approcha pour faire glisser un doigt le long de sa joue.

— Je ne vais pas te mentir : j'ai envie de te faire l'amour. Mais je veux aussi apprendre à te connaître, découvrir ce qui t'a faite telle que tu es.

— Telle que je suis ?

— Farouchement indépendante. Réticente à accepter de l'aide, même quand tu en as besoin.

— Je n'avais pas besoin de ton aide, protesta-t-elle, sachant instinctivement qu'il parlait de ce qui s'était passé à Nice.

— Tu crois toujours à ton propre conte de fées, n'est-ce pas ? Bobby Gold est un tordu, Cara. Et tu lui as coûté un million de dollars.

Elle redressa le menton, un peu vexée. Au fond d'elle, Cara savait qu'il avait raison. Mais l'admettre serait reconnaître qu'elle n'exerçait pas autant de contrôle sur sa vie qu'elle l'aurait souhaité. Elle était tellement habituée à prendre soin d'elle-même et des autres qu'elle n'avait pas soupçonné un seul instant que Bobby aurait pu vouloir faire d'elle un exemple pour les autres employés. Qui l'aurait cherchée si elle avait disparu dans un pays étranger ? Combien de temps aurait-on mis à s'apercevoir de sa disparition ? Elle pâlit, saisie d'une peur rétrospective.

— Bon d'accord, marmonna-t-elle. Mais je ne lui ai pas coûté un million. Il a gardé l'argent. De toute façon, même si tu ne m'avais pas suivie, il ne t'aurait pas laissé partir avec.

Jack lui retourna un regard noir, puis sourit brusquement. C'était comme si le soleil venait de percer un ciel empli de nuages.

— Dans ce cas, disons que nous nous sommes assistés mutuellement.

— Peut-être bien.

— Tu as faim ?

L'estomac de Cara répondit par un gargouillis éloquent. Elle acquiesça en riant.

— Va t'habiller. Nous allons sortir manger quelque chose.

— Tu n'as pas sommeil ?

— Je dormirai plus tard.

Cara se doucha en hâte, avant de passer un pantalon de coton et un haut en maille gris perle. Quand elle regagna le salon, Jack l'attendait, douché lui aussi et rasé de frais. Il paraissait de meilleure humeur ce matin, comme après une bonne nuit de sommeil. A ceci près qu'il n'avait pas fermé l'œil !

Pourtant, il ne montra pas le moindre signe de fatigue comme il l'entraînait dans un café local, où il lui promit le meilleur petit déjeuner anglais de la ville. Devant une assiette d'œufs, de bacon et de toasts, ils parlèrent de tout et de rien, un changement pour le moins déroutant après la soirée de la veille. Cara décida de profiter du moment sans se poser de question. Elle adorait échanger avec Jack, même si c'était sur des sujets sans importance.

— Parle-moi de toi, fit-il, tandis qu'elle regardait passer un petit chien vêtu d'un manteau rose, tiré par sa maîtresse.

— De là où je viens, les chiens ne portent pas de manteaux, je peux au moins te dire ça.

— Je suis d'accord, c'est un crime contre l'esthétique, répondit Jack, glissant ses doigts dans les siens. Mais ce n'est pas ce que je veux savoir.

— Que veux-tu savoir ? s'enquit Cara, le cœur battant.

— Pourquoi tu t'imagines que tu dois tout faire toute seule, sans aide extérieure.

— Je suis ravie qu'on m'aide. C'est juste que je suis habituée à me débrouiller.

— Mais pourquoi ? Que s'est-il passé pour te rendre si férocement indépendante ?

— Il ne s'est rien passé, répliqua-t-elle, sur la défensive. Simplement, que je ne suis pas née avec une cuillère en argent dans la bouche.

— Contrairement à moi, c'est ça ?

— Ce n'est pas ce que j'ai voulu dire.

— Très bien, fit son compagnon en lui relâchant la main. Effectivement, je suis né riche. Mais j'ai eu une enfance quelque peu chaotique.

— Parce que ta mère est morte et que tu détestais ton père ?

— Mon père était un tyran, un véritable animal. Tu voulais savoir comment je savais que mes côtes n'étaient pas cassées ? C'est mon père qui m'a appris à faire la différence.

Cara sentit son estomac se nouer. Quel genre de père pouvait battre ses enfants ? Malgré tous les défauts du sien, il n'avait jamais été violent. Menteur, oui, mais brutal, non.

— Je suis désolée…

Jack, à présent, paraissait furieux. Elle voulut lui dire qu'elle n'avait pas besoin d'en savoir plus mais il reprit la parole :

— Oui, je le détestais. Il a marqué Annabelle à vie, Cara. Il l'a battue, si violemment qu'elle a failli en mourir. Jacob a essayé de l'arrêter… Notre père est tombé, il est mort sur le coup. C'était un accident… Mais tu sais quoi ? Sans Jacob, je l'aurais fait moi-même.

— Ne dis pas ça !

Repoussant la table, Jack se leva avec raideur. Il respirait lourdement, comme s'il venait de se tailler un chemin dans une jungle impénétrable.

— Tu voulais la vérité ? Tu la connais maintenant. Voilà le genre d'homme que je suis.

11.

Cara le laissa se terrer dans son bureau pendant plusieurs heures avant de décider qu'elle en avait assez. Jack s'était enfermé sitôt qu'ils étaient revenus de leur petit déjeuner et n'avait pas reparu depuis. Si Jack s'imaginait qu'elle le jugeait après ce qu'il lui avait confié sur son père, il était temps de lui faire comprendre que ce n'était pas le cas.

Reposant son livre — elle ne se rappelait même plus ce qu'elle avait lu de toute façon —, elle remonta le couloir et entra sans frapper, pour ne pas donner à Jack la chance de lui interdire l'accès.

Il redressa la tête, diablement séduisant en costume complètement noir. Il était au téléphone mais Cara s'en moquait. Si ce coup de fil était important, il le terminerait plus tard.

D'un pas assuré, elle se dirigea vers la fenêtre et ferma les stores. Jack la suivit du regard sans reposer le combiné.

Cara entreprit alors d'ouvrir sa robe. Elle se fermait par le devant, une rangée de boutons courant de haut en bas sur le coton noir. Un par un, elle les fit sauter.

— Hmm, oui, dit Jack à l'intention de son interlocuteur.

Mais son regard s'était assombri. Avec un sourire provocateur, Cara révéla le soutien-gorge de dentelle rouge qu'elle portait sous sa robe.

— Pardon ? lâcha Jack dans le combiné. Oui, oui, si vous le dites.

Cara continua de déboutonner sa robe jusqu'à pouvoir

en sortir. Elle la replia et se tourna pour la poser sur une chaise, offrant à Jack une vue plongeante sur son string.

— Non, tout va bien, dit-il à son interlocuteur d'une voix légèrement rauque. Mais je vais devoir vous rappeler.

Cara s'avança sur lui et arriva à sa hauteur au moment même où il raccrochait. Sans lui laisser le temps de parler, elle posa les mains sur ses épaules et l'enfourcha. Puis elle fondit sur ses lèvres et l'embrassa à pleine bouche.

Elle lui arracha ses vêtements avec une passion presque brutale, tandis qu'il pétrissait ses seins, puis glissait un doigt sous la dentelle de son string. Avec un soupir, elle plaqua son bassin contre le sien, oscillant d'avant en arrière pour augmenter le plaisir contre la bosse qui déformait le pantalon de Jack.

Malgré la tentation de l'orgasme, elle se rappela qu'elle était venue pour lui. Pour faire comprendre à son amant qu'elle avait envie de lui, que rien de ce qu'il avait révélé sur son passé n'avait diminué son désir.

Glissant à genoux, elle déboucla sa ceinture, puis fit glisser son pantalon et son caleçon d'un seul mouvement. Lorsque son sexe émergea, raide et palpitant, elle l'enveloppa de ses lèvres.

— Cara, haleta Jack en se cambrant sur sa chaise.

Mais elle ne l'écoutait plus. Elle adorait sentir les mains de Jack dans ses cheveux, elle brûlait d'excitation à l'idée de l'effet qu'elle produisait sur lui.

Au moment où elle crut qu'il allait se laisser aller, il la releva soudain.

— Avec toi, murmura-t-il.

Elle se rassit à califourchon sur lui, hoquetant comme il glissait sans effort en elle. Puis elle renversa la tête, montant et descendant, laissant ses hanches imprimer le rythme, presque étourdie de jouissance. Etait-ce elle qui gémissait, qui implorait ainsi ?

Ils explosèrent de concert, dans un feu d'artifice de sensations qui les laissa tous deux pantelants. Cara était presque effarée par l'intensité de ce qu'ils venaient d'éprouver.

Un peu plus tard, ils regagnèrent la chambre et y firent de nouveau l'amour, lentement cette fois, essayant de faire durer le bonheur le plus longtemps possible.

Cara finit par s'endormir dans les bras de son amant, rassasiée. Lorsqu'elle rouvrit les yeux, il était parti. Elle s'assit sur le lit, désappointée et surprise. Etait-il de nouveau installé à son ordinateur ?

A peine sortie de la chambre, une délicieuse odeur de cuisine dissipa ses craintes. Elle trouva Jack aux fourneaux, devant une poêle où mijotait une appétissante sauce tomate. Il y jeta une poignée de champignons frais tandis qu'elle l'observait en silence, quelque peu déroutée par ce spectacle domestique.

— Ça sent merveilleusement bon, dit-elle enfin pour signaler sa présence.

Il se tourna vers elle, un sourire aux lèvres.

— Je pensais que tu aurais faim.

Penchée sur le large bar qui coupait la pièce en deux, Cara le regarda s'affairer.

— Je suis affamée. Qu'est-ce que tu nous concoctes ?

— Juste quelques pâtes avec des légumes frais.

— Et moi qui pensais que tu étais le genre d'homme à employer un cuisinier…

— Certainement pas. J'aurais l'impression d'avoir un intrus chez moi, et je suis bien trop attaché à ma vie privée.

Le cœur de Cara trébucha. Etait-ce ainsi qu'il la considérait, elle aussi ? Comme une intruse ? Et si ce n'était pas encore le cas, combien de temps faudrait-il pour en arriver là ?

Jack termina la sauce, égoutta les pâtes et servit deux copieuses assiettes, qu'il disposa sur le bar.

— C'est succulent, déclara-t-elle après sa première bouchée.

Voyant qu'il la regardait manger, Cara ne put s'empêcher de rougir. C'était étonnant, vu qu'ils n'avaient plus vraiment de secrets l'un pour l'autre après la nuit torride qu'ils venaient de partager. Il avait dû voir des expressions bien plus intenses sur son visage !

— Je suis désolé pour ce matin, déclara-t-il dans un soupir. C'est juste que… je ne parle pour ainsi dire jamais de mon passé.

— Je suis heureuse que tu l'aies fait.

— Tout ça est affreux, murmura Jack, détournant le regard pour fixer un point distant. Tout ce qui est arrivé, tout ce que j'ai ressenti…

Puis, comme s'il s'arrachait à un songe, il se tourna de nouveau vers elle. Il lui prit la main et l'embrassa.

Cara déploya les doigts pour lui toucher la joue. Elle le fixait avec adoration, elle en avait conscience, mais elle ne pouvait s'en empêcher. Jamais de sa vie elle n'avait rencontré un tel homme. A quoi bon dissimuler ses sentiments ?

— Tu n'y es pour rien, affirma-t-elle.

— En effet, je n'y suis pour rien. Je le sais, aujourd'hui. Ça m'a pris du temps, mais j'ai compris que je n'étais pas responsable des colères de William.

— William ?

— Mon père. En général, j'arrivais à prévoir ses accès de rage. Je m'échappais. Mais les autres… Je ne comprenais pas comment ils ne voyaient rien venir. J'ai essayé de leur expliquer, en pure perte. Et puis il y a eu Annabelle…

Cara frissonna en se remémorant que les cicatrices de la jeune femme avaient été causées par son père. Que devait-elle ressentir, chaque jour de sa vie, si son frère lui-même ne parvenait pas à digérer la chose ?

— Il la battait parce qu'elle était belle, parce qu'elle osait grandir. Un soir, elle s'est maquillée et a fait le mur pour assister à une soirée. Quand William l'a surprise en talons, avec du rouge à lèvres, il est devenu complètement fou. Je n'étais pas là… Tout était terminé quand je suis arrivé. Nathaniel et Sebastian avaient essayé de l'arrêter mais ils étaient trop petits. Jacob est arrivé et l'a frappé…

Cara trouvait révélateur qu'il appelle son père par son

prénom. La souffrance qui se cachait derrière ce simple détail était presque palpable.

— Tu as le droit d'en vouloir à ton père, Jack. De le détester, même. Mais tout ça appartient au passé.

— J'ai l'impression que j'aurais pu faire davantage. Si c'était moi qui avais frappé mon père, Jacob n'aurait pas...

Il s'interrompit et baissa les yeux.

— N'aurait pas quoi ? demanda Cara.

Il secoua la tête avant de reprendre d'une voix sourde, comme s'il se parlait à lui-même :

— Il ne serait pas parti. Mange avant que ça refroidisse.

Cara aurait voulu continuer à parler. Elle sentait que Jack était au bord de lui faire une révélation, mais il n'aborda plus le sujet du dîner. Elle décida qu'il était plus prudent de ne pas insister.

Lorsqu'ils eurent terminé, Cara fit la vaisselle tandis que Jack préparait deux cafés. Ils les burent sur le balcon, prirent un digestif puis allèrent se coucher. Ils s'endormirent dans les bras l'un de l'autre. Cara avait l'impression de filer le parfait bonheur ; pourtant, elle ne se faisait guère d'illusions. C'était le calme avant la tempête.

Et la tempête finissait toujours par éclater.

Cette nuit-là, Jack dormit mal. A côté de lui, Cara était assoupie, chaude et alanguie. Il ne pouvait s'empêcher de ressasser le passé. Cela faisait des années qu'il en maintenait les portes hermétiquement closes. A présent qu'elles étaient entrouvertes, il ne pouvait plus le contenir.

Que pouvait bien vouloir Jacob après tout ce temps ? Espérait-il se faire pardonner à coup de belles paroles ? Si les autres étaient prêts à passer l'éponge, ce n'était pas son cas. Après tout, si Jacob les avait abandonnés une fois, il était capable de recommencer.

Jack ne voulait pas prendre ce risque. Il ne voulait pas se réconcilier avec son frère et se voir trahi de nouveau. Une fois avait suffi.

Dans son sommeil, Cara se blottit contre lui. Elle était si sensuelle, si unique… Il la désirait avec une passion qu'il n'avait pas ressentie depuis longtemps. Non, corrigea-t-il en silence, qu'il n'avait *jamais* ressentie. Il y avait entre eux quelque chose de fort, d'élémentaire, une alchimie qui rendait le sexe indispensable au lieu qu'il soit une simple distraction. Mais il se refusait pour le moment à en tirer la moindre conclusion.

Comme si elle avait lu dans ses pensées, Cara fit descendre une main le long de son corps, lui indiquant clairement qu'elle venait de se réveiller. Jack poussa un soupir rauque lorsqu'elle l'empoigna et ranima son désir. Mais quand il voulut se redresser pour se coucher sur elle, Cara appuya des deux mains sur ses épaules avant de s'installer à califourchon sur lui. Il glissa en elle sans effort : elle était prête à le recevoir. Leurs regards se croisèrent et Jack lut dans les prunelles de sa maîtresse un appétit égal au sien. Refermant les mains sur ses hanches, il se perdit plus profondément en elle. Plus loin, plus fort, plus vite…

Avec un cri enroué, il s'abandonna enfin. Parcourue de spasmes, Cara s'effondra sur lui, hors d'haleine.

Ils restèrent enlacés un long moment, sans parler. Puis, la voix de Cara brisa le silence de la nuit :

— J'ai quelque chose à te dire.

Lorsqu'elle se releva, Jack sentit un filet d'air froid lui parcourir la peau. Le ton de sa voix ne lui disait rien qui vaille. Il faillit la retenir contre lui mais se força à ne pas le faire. Dans le noir, il distinguait son profil et les contours de sa silhouette : ses seins parfaits, son ventre plat, ses hanches pleines…

— Jack ?

— Oui, princesse ?

— Tu ne m'écoutes pas.

— Qu'est-ce que tu en sais ?

— Tu as la main sur mon sein.

Jack se serait mis à rire s'il n'avait pas senti qu'elle était sérieuse. Avec un soupir, il retira sa main.

— Désolé. Continue.

— J'ai repensé à ce que tu avais dit. A propos de ton père et de… euh… Jacob.

— Cara…

Elle lui posa la main sur la bouche.

— Non, écoute-moi. Je ne vais pas prétendre comprendre ce que tu ressens. Et ce serait t'insulter que de comparer mon expérience à la tienne. Mais j'aimerais te raconter ma propre histoire.

— Bien sûr.

Cara prit une inspiration, comme si elle rassemblait son courage avant de se lancer.

— Comme tu le sais, nous avons perdu notre maison dans l'ouragan Katrina. Ce que je ne t'ai pas dit, c'est que mon père nous a abandonnés peu après. Je pensais que ma mère et lui formaient le couple parfait ; or, il s'est avéré que mon père avait une double vie. Il avait une liaison avec une autre femme, dans une autre ville. Ils avaient eu une fille ensemble.

Cara partit d'un rire jaune, qui se fêla comme elle reprenait :

— Tu te rends compte, j'ai une sœur mais je ne l'ai jamais vue.

— Tu aimerais la rencontrer ?

A son hésitation, Jack déduisit que Cara était surprise par la question.

— Je ne sais pas, déclara-t-elle enfin. Elle n'est pour rien dans tout cela et pourtant…

Elle froissa les draps entre ses doigts, visiblement angoissée.

— J'ai une autre sœur, Evie, poursuivit-elle. Et un frère, Remy. Il est… Il a manqué d'oxygène à la naissance et de ce fait, il n'a pas pu avoir un développement normal. Il a dix-huit ans mais l'âge mental d'un enfant de six ans.

Dans le noir, Jack lui prit la main et la serra. Cara n'essaya pas de se dégager.

— Voilà pourquoi tu travailles si dur.

— Oui. Les soins de Remy ne sont que partiellement pris en charge par l'Etat. Ces dernières années ont été difficiles pour lui, après Katrina.

— Et le départ de ton père n'a rien arrangé…

— Seigneur, non ! Pour ma part, je n'ai pas parlé à mon père depuis six ans. Et quand je vous ai vus, toi et ton frère, j'ai commencé à me poser des questions. Si mon père demandait à me voir, est-ce que je le repousserais ? Est-ce que je l'écouterais ?

Jack comprit aussitôt où elle voulait en venir. Il était tiraillé entre la compassion et ses vieilles blessures.

— Tu penses que je devrais écouter Jacob, c'est ça ?

— Je ne peux pas te dire quoi faire, Jack. Mais si tu le faisais, tu saurais au moins si tu as raison d'être encore en colère ou si tu peux passer l'éponge, faire enfin la paix avec ton passé.

— Qu'est-ce qui te fait croire que je n'ai pas fait la paix avec mon passé ?

— Si c'était le cas, tu n'aurais pas été autant en colère en voyant Jacob.

Jack laissa échapper un profond soupir. Malheureusement, Cara avait raison.

— Je ne suis pas sûr d'en être capable. Jacob représentait tout pour nous. Un frère, un père même, bien plus que William. Son départ a laissé un vide dans nos vies. Lucas a bien essayé de le remplir mais il a craqué. Moi, je n'ai pas eu le choix. Je ne pouvais pas laisser tomber les autres.

— C'est injuste, en effet. Et tu as réussi là où tes frères aînés avaient échoué. Mais peut-être que Jacob a besoin de toi aujourd'hui comme tu avais besoin de lui autrefois.

Jack dut s'avouer qu'il n'avait pas pensé à cela. Cependant, il s'en moquait. Que Jacob ne compte pas sur son aide ! Son retour à Wolfe Manor n'était que de la poudre aux yeux.

— Toute cette histoire pourrait bien être la boîte de Pandore, murmura-t-il. Il vaut mieux la laisser fermée.

— Tu as probablement raison. Je voulais juste te le dire.

Distrait, Jack fit courir un doigt sur le bras de sa maîtresse. Sa peau était douce comme de la soie. Malgré sa tension, il aimait être ainsi avec elle, cerné par la nuit noire et silencieuse, propice aux secrets.

— Je n'ai pas pu faire ce que je voulais de ma vie, Cara… Je n'ai même pas pu aller à l'université. J'ai travaillé, travaillé, encore et encore. Je ne faisais jamais la fête, je ne m'amusais pas comme les autres jeunes de mon âge parce que je devais prendre soin de ma famille.

— Tu penses que Jacob t'a volé ta jeunesse.

— Oui.

— Peut-être que tu devrais lui dire ce que tu ressens. Lui expliquer pourquoi tu lui en veux.

— Tu l'as fait avec ton père ?

— Non. Je n'en ai pas eu la chance. Toi, tu l'as.

Jack soupira, le cœur lourd.

— A quoi bon ? Qui te rendra les années que tu as passées à travailler d'arrache-pied pour aider ta mère, ta sœur, ton frère ? Qui te rendra les rêves que tu as dû abandonner ?

— Personne, répondit Cara dans un souffle.

Jack sentit quelque chose de chaud rouler sur sa peau. Il attira la jeune femme pour la serrer farouchement entre ses bras.

— Je suis désolé, Cara. Je ne voulais pas te faire pleurer.

Il entreprit alors de lui faire tout oublier : sa détresse, ses regrets, ses larmes.

Tout sauf lui.

12.

Pendant les deux semaines qui suivirent, Cara étouffa ses doutes et ses craintes. Elle avait décidé de vivre chaque jour intensément, sans se soucier de l'avenir. Jamais elle ne réclama son passeport, et Jack n'y fit pas allusion. Elle se débrouilla en revanche pour faire opposition sur son ancienne carte bancaire et pour s'en faire livrer une autre. Avoir accès à son propre argent la rassurait, lui donnait une illusion d'indépendance.

Depuis cette nuit où ils s'étaient parlé de leurs familles respectives, le sujet n'était plus revenu sur la table. Mais à bien des égards, ils devenaient plus proches l'un de l'autre. Ils allaient à l'opéra, au cinéma, au restaurant, ou simplement faire de grandes promenades dans la campagne. Jack lui apportait son petit déjeuner au lit, lui offrait des fleurs, lui faisait l'amour si passionnément qu'elle se demandait comment elle avait pu vivre sans lui. Leurs ébats ne connaissaient aucune limite — ils s'étaient même aimés sur le balcon, une nuit, Londres étendue à leurs pieds.

Cara avait accepté l'évidence : elle était tombée éperdument amoureuse de Jack Wolfe. Au lieu de partir quand il en était encore temps, elle avait décidé de rester. A présent, il était trop tard.

Mais si Jack lui faisait l'amour comme s'il ne pouvait se passer d'elle, il n'avait à aucun moment exprimé le moindre sentiment. Oui, il la comblait de louanges sur son corps, son humour, son intelligence, ou encore la recette de gumbo qu'elle tenait de sa mère. Oui, il lui disait qu'elle était belle et excitante. Mais il n'avait pas donné le moindre indice d'un attachement plus profond.

Et ce petit bout de Jack qui manquait à Cara — son cœur — était le poison qui rongeait son bonheur.

— Nous sommes invités à une soirée.

Cara sortit de ses pensées et se retourna au son de la voix de son amant, le cœur battant comme chaque fois qu'il entrait dans une pièce — ou, comme maintenant, sur le balcon, d'où elle admirait le coucher du soleil. Son cocard s'était désormais résorbé. Il était l'homme le plus incroyablement séduisant qu'elle avait jamais vu.

— Oh ! Très bien, répondit-elle avec un sourire forcé.

— Rupert est un ancien associé. Nous n'aurons pas à rester très longtemps.

— D'accord.

— Quelque chose ne va pas ? demanda Jack avec un froncement de sourcils.

A quoi bon lui avouer la vérité ? Il lui avait demandé lui-même de ne jamais lui faire confiance, de ne jamais s'attacher. Si elle lui avait désobéi, Cara ne pouvait s'en prendre qu'à elle-même.

— Non, tout va très bien.

— Si tu préfères rester ici, ce n'est pas un problème.

— Je serai ravie d'y aller, je t'assure.

Il la dévisagea un instant d'un air perplexe, puis sourit et l'embrassa.

— Parfait. Je vais lui dire que nous venons. J'ai juste quelques affaires à régler et je serai tout à toi.

Si seulement c'était vrai, songea Cara en le regardant s'éloigner. Mais elle savait dorénavant que Jack Wolfe ne serait jamais à elle.

Les invités de Rupert Blasdell scintillaient de mille feux. Ce n'était pas une image, songea Cara en étudiant avec ébahissement les rivières de diamants qui tombaient sur les décolletés. Les gens *brillaient* littéralement. Elle avait vu nombre de femmes aisées dans les casinos, mais jamais une telle débauche de haute joaillerie.

Avant de partir, Cara avait étudié son apparence une dernière fois dans le miroir de sa chambre. Le verdict avait été positif : vêtue d'une robe de soirée de satin rose pâle et de chaussures d'un couturier célèbre, elle s'était trouvée séduisante. Un avis que Jack avait partagé, à en juger par les yeux de loup qu'il avait posés sur elle quand il l'avait vue.

A présent, parmi les grands de ce monde, les Rolls-Royce, les Bentley et les pierres précieuses, Cara avait l'impression d'être une bécassine tout droit sortie de son bayou natal. Jack lui avait dit qu'il s'agissait d'une soirée, il n'avait pas précisé que les personnages les plus en vue de Londres y assisteraient. Elle n'aurait pas été surprise d'y voir la reine elle-même !

Quelques instants après leur arrivée, Jack s'était éloigné pour aller saluer des relations d'affaires. Debout au milieu de la pièce, Cara buvait du champagne, plus pour s'occuper les mains que parce qu'elle avait soif, essayant de se faire toute petite. Dieu merci, personne ne semblait lui prêter la moindre attention.

Un mouvement de foule lui fit apercevoir Jack, en compagnie de ce qu'elle prit d'abord pour un couple, jusqu'au moment où la femme posa la main sur son bras et lui murmura quelque chose à l'oreille. C'était un geste intime, presque aguicheur, mais l'homme que Cara avait pris pour son mari ne cilla pas. Elle en déduisit qu'ils n'étaient pas ensemble.

Elle réprima aussitôt la jalousie qui lui serra le cœur. Jack était avec *elle*. Ou du moins, il l'avait été jusqu'à maintenant. Etait-ce le début de la fin ? Il ne lui avait rien promis ; il l'avait même mise en garde. Mais l'amour ne se contrôlait pas avec un interrupteur. C'était pour cela qu'elle avait toujours voulu être indépendante. Dès que le cœur se mettait de la partie, la seule issue possible, c'étaient les larmes.

Cara fit un pas en direction de Jack mais un groupe d'invités lui coupa la route. Elle se retrouva momentanément bloquée près de la fontaine intérieure qui occupait le centre de la pièce. De l'autre côté de la sculpture, deux femmes observaient Jack en sirotant du champagne.

— Regarde cette pauvre Sherry, elle bave presque sur lui, nota la première.

— Ça ne l'avancera pas à grand-chose, répliqua l'autre, il a une nouvelle favorite.

— La fille avec laquelle il est arrivé ? C'est impossible ! Elle n'a aucune sophistication.

— Bob et moi les avons vus à l'opéra. Et je tiens d'une source sûre qu'elle habite chez lui en ce moment. Elle y est depuis le mariage du frère de Jack. C'est une Américaine, ajouta la femme avec une moue dédaigneuse.

Cara se raidit, les oreilles brûlantes. Elle aurait voulu en entendre davantage, mais les deux commères s'éloignèrent, penchées l'une vers l'autre, riant sous cape. Elle tourna les talons, cherchant aveuglément une sortie. Elle avait besoin d'air frais, le temps de reprendre ses esprits. Elle avait l'impression que tout le monde la regardait, murmurait sur son passage.

Elle, la dernière *favorite* en date de Jack Wolfe !

Cara n'était pas prude. Elle se moquait que le monde entier sache qu'elle couchait avec lui. Mais la façon dont ces femmes avaient parlé d'elle donnait à penser qu'elle ne valait guère mieux qu'une prostituée.

— Cara.

Elle entendit vaguement son prénom mais ne s'arrêta pas.

— Cara !

Cette fois, une main se referma sur son bras.

Jack.

Il la fit pivoter et posa sur elle un regard interrogateur.

— Où vas-tu ?

Elle ne pouvait se taire davantage. Elle ne supportait plus d'être amoureuse d'un homme qui ne la considérait que comme un objet sexuel.

— Où est Sherry ? demanda-t-elle.

L'expression de Jack se ferma instantanément.

— Où as-tu entendu ce nom ?

— Sur les lèvres d'une personne qui a aussi dit que j'étais ta nouvelle favorite.

Elle n'aurait su dire comment Jack se débrouilla pour qu'ils se retrouvent presque aussitôt dehors, s'éloignant de la maison dans un jardin plongé dans l'obscurité. Bientôt, la demeure disparut. Seul le brouhaha distant des conversations indiquait que la soirée se poursuivait.

Jack ne s'arrêta qu'en atteignant une rangée de colonnes. Cara voulut se dégager de son étreinte, mais il la plaqua contre la pierre froide. Au contact de son torse, elle sentit aussitôt ses seins durcir.

— Qu'est-ce qui te prend ? grommela son compagnon. Sherry est une fille avec laquelle je suis brièvement sorti autrefois. C'est toi que je veux.

Il plongea les lèvres au creux de son cou, puis remonta jusqu'à son oreille, dont il mordilla doucement le lobe. Cara gémit avant de le repousser.

— Je ne veux pas être ta *favorite*.

— Alors disons que tu es ma préférée.

Une douleur acérée lui pénétra le cœur. C'était ridicule : tout cela n'était qu'une question de sémantique. Pourtant, Cara secoua la tête.

— Non.

Mais Jack avait agrippé ses fesses. Il la serra contre lui, pressant contre son ventre l'érection qui gonflait son pantalon. Cara ne put contenir un flot d'excitation ; mais cette fois, il était mâtiné d'une indicible tristesse.

— Je veux te faire jouir, murmura Jack.

Joignant le geste à la parole, il passa la main sous l'ourlet de sa robe, remonta le long de l'arrondi de sa cuisse et trouva le cœur moite de sa féminité. Cara hoqueta, tétanisée par un spasme d'extase.

— Jack, je…

— Laisse-toi aller, souffla-t-il, continuant ses caresses

intimes. Tu es la plus belle femme que j'aie jamais vue. J'aime te regarder.

Elle voulut lui demander d'arrêter ; or, elle était incapable de parler. Elle était tout aussi impuissante à repousser l'homme qu'elle aimait, l'homme qui lui procurait tant de plaisir.

L'orgasme fut si intense qu'elle dut mordre dans la veste de Jack pour ne pas crier. Il lui fallut de longues secondes pour revenir à la réalité, reprendre conscience du chant des grenouilles et des échos lointains de la fête. Quelque part, un rire de femme troua la nuit.

Comme elle se redressait enfin, un terrible soupçon s'empara d'elle. Une petite voix intérieure lui soufflait que Jack n'avait fait cela que pour détourner la conversation, pour éviter une discussion sérieuse sur l'avenir de leur relation.

Un mélange de fureur et d'humiliation monta en elle. Il l'avait transformée en ce qu'elle avait à tout prix voulu ne jamais devenir : une femme dépendante, s'accrochant telle une sangsue à un homme qui ne l'aimait pas parce que c'était encore préférable à la perspective d'être seule.

Elle passa une main tremblante dans ses cheveux. Le plaisir qu'elle venait de prendre devait se voir sur son visage. Un flot de honte lui brûla les joues et des larmes de colère lui montèrent aux yeux.

— Je veux partir.

— Nous venons tout juste d'arriver. Ce ne serait pas très poli.

— Parce que s'éclipser pour une partie de jambes en l'air dans le jardin, c'est poli ? répliqua Cara en le toisant avec colère. Fais-ce que tu veux, Jack. Moi, je m'en vais.

Il la dévisagea intensément, puis fit un pas en arrière.

— Je suis désolé, Cara.

— Désolé de quoi ?

— De t'avoir fait souffrir. Tu mérites mieux que ça.

— Je sais.

Cette fois, elle fut bien incapable de retenir ses larmes.

Oh oui, elle méritait mieux que le peu qu'il voulait bien lui accorder. Mais Jack Wolfe était prisonnier de son passé, incapable d'ouvrir à quiconque les portes de son cœur. Le pire, c'était qu'elle l'avait su dès le début mais qu'elle avait choisi de l'ignorer.

— Tu as beaucoup à offrir, Jack, murmura-t-elle d'une voix blanche. Je ne suis simplement pas celle qui t'en convaincra.

13.

Ils rentrèrent en limousine. Le trajet se déroula en silence. Cara s'était assise le plus loin possible de Jack sur la banquette. Elle redoutait, s'il la touchait, d'oublier toutes ses résolutions. Car, malgré sa détresse, le désir qu'elle éprouvait pour lui n'avait en rien diminué.

Sitôt entrée dans l'appartement, elle se tourna vers lui. La confrontation était inévitable, il ne servait à rien de la repousser. Elle passa à l'attaque :

— Est-ce que je serai jamais davantage qu'une maîtresse à tes yeux ?

Jack se tourna vers elle, les mains dans les poches. Il semblait distant, presque hostile.

— Tu crois encore que la vie est un conte de fées, Cara ?

Elle tremblait de fureur. Mais plus encore que la colère, c'était une immense tristesse qui l'oppressait.

— Je crois qu'il est possible d'être heureux avec une personne, oui. Je crois qu'il est possible d'aimer et d'être aimé sans désirer quelqu'un d'autre.

Les yeux de Jack étaient vides, pareils à deux trous noirs.

— C'est un rêve de petite fille, tu devrais le savoir aussi bien que moi. Regarde tes parents. Regarde les miens. Tu appelles ça des exemples ?

— Ce n'est pas parce que nos parents ont échoué que nous sommes condamnés nous aussi.

Jack lâcha un éclat de rire si brutal qu'elle sursauta.

— Tu es tellement naïve, princesse… Qu'est-ce que

tu attends de moi, au juste ? Pourquoi ne pas te contenter de ce que nous avons ?

— *Ce que nous avons ?* s'étrangla-t-elle. Et de quoi s'agit-il, au juste ?

Il ouvrit la bouche, puis la referma. Il se recoiffa d'un geste impatient. Enfin, il reprit d'une voix torturée :

— Je te... je t'apprécie beaucoup, Cara. J'ai envie de toi.

— Je suis désolée, Jack, mais ce n'est pas assez. Je veux le conte de fées. Je veux l'amour, le mariage, même si ça me terrifie. Je veux d'un homme qui ne puisse pas vivre sans moi.

Il lâcha un rire amer.

— Tu viens de dire que ça te terrifiait. C'est précisément parce que tu sais que ça ne peut pas durer. Tes parents l'ont prouvé, les miens aussi. Les gens t'abandonnent au moment où tu as le plus besoin d'eux. C'est la triste vérité.

Cara secoua la tête ; une larme solitaire roula le long de sa joue.

— Je ne veux pas devenir comme toi, Jack. Même si ça m'effraie de mettre ma vie entre les mains de quelqu'un, je veux essayer. Je veux partager ma vie avec l'homme que j'aime.

— Qu'est-ce que tu attends de moi, au juste ?

— Je crois que tu le sais.

— Tout va bien entre nous. Pourquoi ne pas continuer comme ça ?

Cara prit une profonde inspiration. Ces mots lui coûtaient, mais elle était obligée de les prononcer.

— Ça ne suffit pas. Je ne veux pas aller à des soirées et entendre que je suis ta dernière favorite en date. Je veux que l'on sache que nous sommes ensemble. *Vraiment* ensemble. Que je t'ai choisi autant que tu m'as choisie.

— Rien ne t'oblige à écouter les ragots de mégères jalouses.

— Ces ragots, comme tu dis, n'existeraient pas s'il n'y avait pas un fond de vérité. Après tout, tu m'as bien payée pour venir à Londres avec toi, non ?

— Mais pas pour y rester, corrigea Jack, la mâchoire crispée.

— Ne joue pas avec les mots.

— Très bien. Marions-nous, alors, si cela doit te rendre heureuse.

Cara se figea, consciente de l'effort qu'avait dû produire Jack pour lui faire cette proposition, aussi dénuée de romantisme soit-elle.

— Mon Dieu… Tu ne comprends pas que ce n'est pas une question de mariage ?

Elle fit un pas vers lui pour lui poser une main sur le cœur avant de reprendre :

— C'est ce qu'il y a là-dedans qui compte. Je veux que tu t'ouvres. Mais ça n'arrivera jamais.

Jack prit sa paume en une étreinte farouche, presque désespérée.

— Tu me connais. Aussi bien que n'importe qui d'autre.

— Justement, c'est bien là le problème. Je suis désolée, Jack. J'aurais dû partir plus tôt. C'est juste que… j'espérais que tu m'aimerais. Il est temps que je rentre maintenant.

Il fit un pas en arrière, le visage fermé.

— A ta guise.

— Il va me falloir un passeport.

— Il est là.

Cara cligna des paupières, déroutée.

— Depuis quand ?

— Depuis deux jours.

Deux jours ? Il avait son passeport depuis deux jours et il ne lui avait rien dit ? Etait-ce précisément pour éviter la conversation qu'ils venaient d'avoir ?

Jack se dirigea vers le bar de la cuisine, prit une enveloppe sur une pile de courrier et la lui tendit.

— Tiens.

Cara l'ouvrit, les mains tremblantes. Son vieux passeport était à l'intérieur, ainsi que la carte bleue qu'elle avait fait annuler.

— Le reste de tes affaires sera là bientôt.

— Mais… comment as-tu fait pour les récupérer ? Bobby ne les renverrait jamais de son plein gré.

Jack se mit à rire, mais il n'y avait aucun humour dans sa voix quand il lui répondit :

— Crois-moi, lorsque je ne me bats pas à trois contre un, je peux moi aussi être assez effrayant. J'ai expliqué certaines choses à Bobby, après quoi il est devenu doux comme un agneau et désireux de coopérer.

Cara frémit à la menace qu'elle avait senti percer dans sa voix. Après deux semaines passées avec lui, elle ne doutait pas qu'il pouvait intimider Bobby Gold.

— Merci, dit-elle, la gorge serrée.

Jack avait de nouveau fourré les mains dans ses poches. Sous ses sourcils froncés, ses yeux jetaient des éclairs.

— Tu n'es pas obligée de partir.

Cara hésita, minée par le doute. Elle était tentée d'enfouir ses peurs, de s'abandonner à l'entente sexuelle qui existait entre eux. Peut-être, dans ses bras, pourrait-elle oublier qu'il ne l'aimait pas…

Elle ferma les yeux. *Non*. Elle ne l'oublierait pas et c'était là tout le problème. Quelque chose s'était brisé entre eux.

— Je crains que si, Jack. Je n'ai plus rien à faire ici.

14.

Repoussant son ordinateur, Jack se tourna vers la fenêtre. Pourquoi le ciel était-il bleu ? Il aurait dû être gris, de la couleur de la tristesse au lieu de cet azur éclatant. Il compta mentalement les jours : cela faisait une semaine que Cara était partie.

Les souvenirs de leur dernière soirée ensemble l'assaillirent. Il s'était comporté en parfait crétin. Au moment même où il savait qu'il la perdait, il avait été incapable de faire quoi que ce soit pour la retenir. Il avait perçu dans ses yeux le reflet de l'homme qu'elle voyait, un Jack Wolfe idéal. Mais voilà : il n'était pas cet homme, il ne le serait jamais. Au lieu de la garder, il l'avait donc repoussée.

Depuis, il ne s'écoulait pas une minute sans qu'il se maudisse d'avoir fait souffrir la seule femme qui avait jamais compté pour lui.

D'un pas traînant, il traversa l'appartement. Le salon, la cuisine, chaque pièce lui paraissait vide et lugubre. Même la vue sur Londres avait perdu son charme. A quoi bon un tel spectacle s'il ne pouvait le partager ?

Il éprouva un soudain besoin de compagnie. Agrippant ses clés, il quitta l'appartement et descendit au pub qui faisait le coin de la rue. Il était tôt, l'endroit n'était pas encore plein. Jack avait envie de bruit, de corps serrés les uns contre les autres. Peut-être rencontrerait-il une femme. Quelques heures de plaisir dans les bras d'une autre l'aideraient à oublier Cara.

Un tel sentiment de dégoût l'envahit à cette idée qu'il

sut aussitôt qu'il se mentait à lui-même. Il s'assit à une table dans un coin, commanda une bière quand la serveuse s'approcha et ferma les yeux.

Cara.

— Bonjour, Jack.

Il rouvrit brusquement les paupières. Jacob, telle une apparition surgie du passé, se tenait debout à sa table. Jack sentit une douleur familière lui tordre le ventre mais cette fois, il était trop épuisé pour avoir envie de se battre.

— Qu'est-ce que tu fais ici ? demanda-t-il d'une voix lasse.

— Je suis venu te parler.

— Tu rôdes devant mon immeuble, c'est ça ? Tu es tombé bien bas.

Un sourire sardonique souleva les lèvres de son frère.

— Non. Il se trouve que je me rendais justement chez toi quand je t'ai vu partir. Je t'ai suivi jusqu'ici.

Sur le point d'envoyer son frère au diable, Jack repensa à Cara. Elle l'avait encouragé à lui parler, pour peut-être faire la paix avec son passé.

Il se renfrogna. Quel mal y avait-il à l'écouter, après tout ?

— Qu'est-ce que tu veux ?

— Je suis venu te présenter mes excuses, répondit Jacob, s'asseyant face à lui avec un soupir. Pour être parti.

— C'est un peu tard, tu ne crois pas ?

Un frémissement dilata les narines de Jacob, signe reconnaissable entre tous de colère. Jack faillit se mettre à rire. Son frère n'était donc pas venu en pénitent.

— Je comprends que tu réagisses comme ça, reprit néanmoins ce dernier. Ça a dû être dur d'avoir à prendre ma place.

— Ecoute, ces retrouvailles sont très touchantes mais je préférerais être seul. Si tu as quelque chose à dire, dis-le et laisse-moi boire ma bière en paix.

Jacob plissa les yeux, puis secoua la tête.

— Tu es devenu un beau salaud, pas vrai ? C'est pour ça que cette fille t'a laissé ?

Jack vit des lumières exploser devant ses yeux. Cette fois, il se retint de justesse de sauter à la gorge de son frère.

— Laisse-la en dehors de tout ça !

— Pourquoi ? Elle est importante pour toi ? Est-ce qu'il y a quoi que ce soit d'important à tes yeux, à part ta propre colère et ta petite personne ?

— C'est toi qui oses me parler ainsi ? Toi qui fuis en courant dès que l'enjeu devient trop stressant ?

— Seigneur, tu as repoussé les autres pendant si longtemps que tu ne sais plus comment faire autrement…

L'accusation ébranla Jack au plus profond de son âme. Cara lui avait reproché la même chose. Mais n'était-ce pas la seule manière d'éviter de souffrir dans la vie ? Pas d'attachement, pas de larmes !

La serveuse revint avec sa bière. Lorsqu'elle demanda à Jacob ce qu'il voulait, Jack coupa court :

— Rien du tout. Il allait partir.

Avec un haussement d'épaules, la jeune femme s'éloigna. Et soudain, Jack en eut assez d'être en colère. Il voulait simplement boire son verre tranquillement, avec pour seule compagnie ses souvenirs de Cara.

— Ecoute, Jacob, quoi que tu viennes faire ici, je m'en fiche. Inutile de t'excuser, il est trop tard pour ça.

— Je comprends. Sache juste une chose : je suis revenu et je n'ai pas l'intention de repartir.

Jack ricana. Pourtant, une partie de lui-même ne demandait qu'à croire Jacob. Son frère lui manquait plus qu'il ne voulait bien se l'admettre. Ce sentiment le surprit.

— Nous verrons, fut tout ce qu'il trouva à répondre.

Jacob acquiesça. Puis il se leva, lui adressa un long regard et s'éloigna. Jack n'aurait su dire s'il s'agissait de leur dernière conversation ou de la première depuis longtemps. En cet instant, il s'en moquait.

Quelque chose venait de se déchirer en lui, comme un voile qu'il avait tiré pour masquer ce qu'il ne voulait pas voir. Cara avait raison : il ne laissait personne l'approcher, encore moins atteindre son cœur. S'il l'avait fait, il aurait compris plus tôt la vérité : Cara n'était pas juste une fille qu'il avait rencontrée dans un casino à Nice. Non, pas plus qu'elle n'était seulement l'amante la plus extraordinaire qu'il avait jamais connue.

Elle était *la* femme, la bonne, celle des contes auxquels elle croyait dur comme fer et que lui, imbécile qu'il était, avait tournés en dérision. Elle était la seule femme avec laquelle il avait envisagé, bien que confusément, sans vouloir vraiment se l'avouer, un avenir.

Et il l'avait repoussée.

Un éclair de lucidité illumina les recoins les plus sombres de son inconscient. Il était exactement comme Jacob, comprit-il soudain. Face à un défi, il avait tourné les talons et avait fui. Lui qui toute sa vie avait reproché à son frère d'avoir fait la même chose !

Il ne pouvait plus, désormais, échapper à l'évidence. Il devait faire volte-face et avancer dans la lumière. A supposer, bien sûr, qu'il ne soit pas trop tard…

Cara descendit du bus dans la chaleur poisseuse de La Nouvelle-Orléans, puis remonta la rue. Elle n'était rentrée que depuis deux semaines mais avait réussi à trouver un nouveau travail dans un casino. Contre toute attente, Bobby n'avait pas essayé de la mettre sur une liste noire. Pourquoi ? Elle l'ignorait. Elle avait renoncé à comprendre, trop heureuse de pouvoir de nouveau toucher un salaire.

Sa mère, Evie et Remy se portaient à merveille. L'argent de Jack avait changé bien des choses. Après la façon dont leur relation s'était terminée, elle n'avait pas voulu lui demander son dû mais quand elle était rentrée, elle s'était aperçu que soixante-dix mille dollars avaient été déposés sur son compte. C'était bien plus que leur accord initial, aussi Cara avait-elle pris soin d'en renvoyer vingt, plus les deux que Jack avait dépensés en tenues diverses. Elle prendrait ce qu'il lui devait, pas un centime de plus ; c'était pour sa famille, pas pour elle.

Elle entra dans le casino sans prêter attention à la rangée de palmiers qui le flanquait. Chaque fois qu'elle les regardait, cela lui faisait penser à Nice. Et Nice lui faisait penser à Jack. Et Jack lui faisait penser à tout ce qu'ils avaient partagé, à la fin prématurée d'une histoire qui aurait pu être extraordinaire.

Cara retint un ricanement dépité. Jack devait l'avoir oubliée depuis longtemps. Sans doute s'était-il déjà consolé avec une autre. Elle s'installa à sa table et se mit à distribuer avec des gestes mécaniques, imaginant son ex-amant dans les bras de Sherry, vénérant son corps à elle comme il avait vénéré le sien…

« Arrête ! » s'intima-t-elle.

— Dites, qu'est-ce que vous faites après le travail ?

Cara focalisa son attention sur l'homme assis à sa droite. Il la dévisageait avec un sourire charmeur par-dessus ses cartes.

— Je rentre chez moi, répondit-elle.

— Vraiment ? Je pensais que nous pourrions prendre un verre.

— Je ne…

Elle s'interrompit, se remémorant le conseil de sa collègue Jeannie, la veille : « Remonte en selle, ma vieille. Un de perdu, dix de retrouvés ! »

— Peut-être, marmonna-t-elle finalement.

Le sourire de l'homme s'élargit. Avec sa tignasse de cheveux blonds, son visage juvénile et ses dents très blanches, il était plutôt séduisant, même s'il pâlissait en comparaison de Jack.

Mais Jack n'était plus là. Elle devait cesser de lui comparer tous les hommes qu'elle croisait, refuser cette emprise sur sa vie.

— Vous êtes du coin ? demanda-t-elle, se forçant à sourire.

— Du Texas. Et vous ?

— D'ici.

— Je m'appelle Rand, fit l'homme en lui tendant la main.

— Cara.

Son cœur battait la chamade, la menaçant d'étouffement. Elle inspira profondément. « Tu peux le faire, lui souffla une petite voix intérieure. Juste un verre, ça ne mange pas de pain. »

— Je trouve que les filles de Louisiane sont les plus belles du pays, reprit Rand.

— Vous êtes gentil, répondit Cara, s'efforçant de ne pas lever les yeux au ciel.

— Peut-être que nous pourrions dîner plutôt que de nous contenter d'un verre.

— Nous verrons.

— Elle ne dînera pas avec vous, intervint une voix menaçante.

Cara tressaillit, paralysée par l'apparition qui se dressait devant elle. Etait-ce un rêve ? Un cauchemar ? Rand paraissait tout aussi dérouté qu'elle par la présence de Jack et par l'aura d'agressivité qui émanait de lui.

— Je crois que Cara est assez grande pour décider toute seule, lança toutefois le jeune Texan.

Jack se tourna vers elle, levant un sourcil interrogateur. Seigneur, que faisait-il là ? Etait-il venu pour la torturer ?

— Je n'ai pas décidé ce que je faisais ce soir, répondit-elle enfin. Je n'ai pas d'engagement. C'est loin, et je ne fais pas dans *le long terme*, répondit-elle, appuyant sur ces derniers mots tout en regardant Jack.

— Jouons ce dîner au poker, suggéra ce dernier à Rand.

— Si vous voulez. Mais vous allez perdre.

Furieuse, Cara abattit soudain les cartes sur la table.

— Messieurs, nous ne jouons que de l'argent dans cet établissement.

— Très bien, répliqua Jack avec un haussement d'épaules. Celui qui a le plus de jetons dans une demi-heure l'emporte, l'autre disparaît.

— Parfait, rétorqua Rand.

Sachant qu'elle ne pouvait refuser la partie, Cara distribua, tâchant de contenir sa fureur. A la cinquième main, Jack reposa son jeu avec cette mine impassible qu'elle ne connaissait que trop. Rand n'avait aucune idée de ce qui s'apprêtait à lui tomber dessus.

— Carré d'as, révéla Jack.

Rand ouvrit de grands yeux, puis siffla et lui tendit la main.

— Bien joué. Sans rancune, l'ami.

Cara regarda s'éloigner son prétendant blond, estomaquée par la facilité avec laquelle il avait accepté la défaite. Elle supposait qu'il prendrait bientôt place à une autre table et flirterait avec une nouvelle croupière. Elle tourna vers Jack un regard furibond.

— Qu'est-ce que tu fais ici ?

— Je joue aux cartes, répondit-il d'un air parfaitement innocent.

— Je vois bien. Pourquoi à La Nouvelle-Orléans ?

— Parce que c'est là que tu es.

— Merveilleux. A présent, si tu me laissais tranquille ?

— C'est impossible. Je veux te parler.

— Nous avons déjà eu l'occasion de parler. Nous n'avons plus rien à nous dire.

— Nous avons beaucoup de choses à nous dire, au contraire. Mais je ne veux pas le faire ici.

Un couple arriva au même instant à sa table. Cara les accueillit avec un sourire professionnel et leur souhaita la bienvenue. Après une hésitation, Jack tourna les talons et s'éloigna.

Il ne reparut pas jusqu'à la fin de sa journée. Lorsqu'elle quitta enfin le casino, Cara était furieuse contre elle-même, car elle ne pouvait s'empêcher de se demander où il était passé. Il avait traversé l'Atlantique pour lui parler et il disparaissait à la moindre rebuffade ? A moins que sa présence n'ait été qu'une coïncidence, qu'il avait essayé de faire tourner à son avantage ?

Une chose était sûre, il était reparti. Et c'était tant mieux, après tout, se dit-elle en épaulant son sac. La nuit était tombée mais il faisait toujours aussi lourd. Cara se mit en marche vers l'arrêt de bus.

— Tu ne penses tout de même pas rentrer à pied ?

Elle sursauta en entendant la voix de Jack. Avec la foule qui se pressait à l'entrée du casino, elle ne l'avait pas vu se détacher du mur et approcher.

— Ce n'est pas loin, répondit-elle.

— Je t'accompagne.

— Pas la peine.

— J'insiste.

— Tu obtiens toujours ce que tu veux, n'est-ce pas ? lâcha Cara avec amertume.

— Pas tout, non. C'est justement la raison de ma présence.

Ils marchèrent encore un peu, puis Cara se mit brusquement en travers de son chemin, poings sur les hanches. La rue, à cet endroit, était plus tranquille. On y sentait l'haleine du Mississippi, fraîche et boueuse à la fois. Rien n'arrêtait le fleuve, tour à tour placide ou furieux. Jack était pareil, songea-t-elle. Il emportait tout sur son passage, même ceux qui l'aimaient.

— Qu'est-ce que tu me veux ? Pourquoi es-tu venu jusqu'ici ?

— Et toi, pourquoi m'as-tu renvoyé de l'argent ?

Cara hésita, surprise par sa question.

— Parce qu'il y en avait trop.

— Non. Je t'ai bien payé cinquante mille. C'est juste un effet du taux de change.

Cara le dévisagea, bouche bée. Puis elle tourna les talons et se remit à marcher. Ainsi, telle était la raison de sa présence : il l'avait payée en livres sterling, ou en euros, alors qu'elle avait cru qu'il s'agissait de dollars ? Il était venu lui expliquer cela ?

C'était ridicule.

Elle marchait d'un pas tellement rageur qu'elle faillit se déboîter l'épaule quand Jack lui agrippa le bras.

— Lâche-moi !

— Je ne peux pas.

— Jack, bon sang…

— Je t'aime, princesse.

Cara se pétrifia, se demandant si elle avait bien entendu. Jack en profita pour se pencher vers elle et l'embrasser. Elle sentit son cœur s'épanouir comme une fleur mais, reprenant ses esprits, se força à repousser son ancien amant.

— Arrête. S'il te plaît.

C'était impossible, il ne pouvait pas l'aimer. Comment aurait-il pu en l'espace de deux semaines passer du monstre de froideur qu'elle avait quitté à l'homme soi-disant amoureux qui se tenait devant elle ? C'était trop beau pour être vrai.

— J'apprécie tes efforts, Jack. Mais nous savons tous deux que tu es incapable d'une relation longue. Ce n'est pas vraiment ta faute, je comprends.

Elle s'éloigna, retenant ses larmes. Le plus difficile était fait : elle avait réussi à le quitter à Londres. Elle serait stupide de revenir en arrière, de croire à ses belles promesses. Et puis même si Jack était sincère, un beau matin, il se réveillerait et se rendrait compte qu'il n'était revenu avec elle qu'à cause de leur connivence sexuelle. Et cette fois, elle ne se remettrait pas de son départ.

— Je ne te savais pas lâche, princesse.

La voix de Jack avait claqué comme un coup de fouet. Malgré elle, Cara s'arrêta. En deux enjambées, il la rejoignit.

— Tu prétends m'aimer mais tu as peur de me donner ma chance, reprit-il. Alors tu me repousses, comme je t'ai repoussée.

— Non, je…

— Le fait est, poursuivit-il sans l'écouter, que nous avons tous les deux peur. Nous avons tout fait pour nous rejeter l'un l'autre.

— Ce n'est pas vrai.

— Si, c'est vrai. Et tu le sais.

Cara sentit sa lèvre trembloter. Oui, Jack avait raison,

elle avait peur. Car que se passerait-il si elle lui livrait son cœur et qu'un jour, il le brisait ?

— Ecoute-moi, reprit-il avec ferveur. Je t'ai dit que je ne pouvais pas t'offrir davantage qu'une liaison mais j'avais tort. J'ai reproché à mes frères de nous avoir abandonnés et pour ne pas souffrir de nouveau, je me suis interdit d'aimer.

Elle hocha la tête, émue par sa déchirante confession.

— J'ai vu Jacob après ton départ. Et j'ai compris que j'étais exactement comme lui. J'étais devenu ce que je méprisais.

— Tu lui as parlé ? s'enquit Cara, une étincelle d'espoir au cœur.

— Pour ainsi dire. Ce n'était pas une conversation fleuve mais nous nous sommes assis à la même table.

— Ça t'a aidé ?

— Oui. A comprendre ce que je faisais.

— Je ne demande qu'à te croire, Jack. Mais nous sommes si différents… Je ne suis même pas du même monde que toi.

Il lâcha un juron, l'attrapa par les épaules.

— Tu es mon monde, et c'est tout ce qui compte. Tu es la personne la plus forte et la plus honnête que je connaisse. Tu as refusé de tricher aux cartes et tu as perdu une somme d'argent dont tu avais besoin.

— Il y a plus de gens honnêtes que tu ne le penses, fit Cara avec un rire tremblant.

— Peut-être. Mais la seule que j'aime, c'est toi.

Il se pencha et, du bout de la langue, suivit le tracé de ses lèvres. Cara sentit ses jambes flageoler. Elle avait besoin de temps et d'espace pour réfléchir, mais Jack lui enflammait les sens, lui liquéfiait le corps. Avec lui, elle n'était que désir.

— Que… qu'attends-tu de moi maintenant ? bredouilla-t-elle quand il l'autorisa enfin à respirer.

— Que tu acceptes de m'épouser, répondit Jack avec un sourire confiant. Ce soir serait idéal, mais je suis prêt à attendre demain.

Elle lâcha un rire incrédule.

— On ne peut pas se marier si vite !

— Si. A Las Vegas. Mais si tu préfères un grand mariage traditionnel avec ta famille, alors je patienterai. Et pour te prouver mon sérieux, je ne te ferai plus l'amour jusqu'à ce que nous soyons mari et femme.

Cara le dévisagea avec adoration. Ses derniers doutes, sous son sourire, fondirent comme neige au soleil. Elle savait à présent avec certitude que Jack Wolfe était l'homme de sa vie, qu'il ne la trahirait jamais.

— Et si je ne veux pas de cette chasteté imposée ? demanda-t-elle en nouant les bras derrière son cou.

— Tu n'as pas le choix. Nous resterons chastes jusqu'au jour de notre mariage.

Le cœur de Cara battait si fort qu'elle en avait presque le vertige. Elle était sur le point de sauter dans le vide, de prendre la plus grande décision de sa vie… et elle n'avait pas peur !

— Tu es venu avec ton jet privé ? demanda-t-elle.

— Absolument.

— Las Vegas ?

Jack sourit de toutes ses dents.

— Las Vegas !

Epilogue

Ils se marièrent à Las Vegas le lendemain, juste avant le coucher du soleil.

Une heure plus tard à peine, ils faisaient l'amour dans la suite de leur hôtel. Ce fut comme une première fois pour Cara. Jack révérait son corps ; il la mena à l'orgasme à plusieurs reprises avant de s'abandonner enfin à son propre plaisir.

Ils s'endormirent dans les bras l'un de l'autre, firent de nouveau l'amour au réveil, puis s'accordèrent un luxueux petit déjeuner au lit.

— Tu crois que ta mère m'en voudra de t'avoir épousée à Las Vegas ? s'enquit Jack.

— Tant que tu lui offres plus tard le grand mariage que tu m'as promis, tout ira bien. De toute façon, elle n'aurait pas pu venir en dernière minute, à cause de Remy.

— Bien sûr.

— C'est formidable ce que tu as suggéré pour mon frère. Je te suis très reconnaissante.

L'assistante à plein temps que Jack avait promis d'engager sitôt leur retour allait transformer la vie de sa famille. Sa mère pourrait enfin se reposer, Evie mener sa propre vie et Remy bénéficierait tout de même d'une attention constante.

Cara avait l'impression de vivre un véritable rêve, plus encore lorsqu'elle regardait Jack et songeait qu'il était désormais son mari.

— Ta famille est la mienne, à présent, répondit-il en

se penchant pour l'embrasser. Et pour le peu que je lui ai parlé au téléphone, ta mère m'a paru être une femme remarquable.

— Tu dis ça parce qu'elle t'a recommandé de m'épouser rapidement, avant que je ne change d'avis !

Avec un sourire de chat, Jack lui caressa le bout du nez.

— Tu n'aurais jamais changé d'avis…

— Prétentieux ! lança-t-elle en riant.

Jack bondit à bas du lit pour aller farfouiller dans son attaché-case. Il revint avec une enveloppe épaisse, qu'il déposa sur le lit.

— Qu'est-ce que c'est ? demanda Cara.

— Ouvre.

Elle s'exécuta, intriguée. Puis elle parcourut les documents qu'elle avait retirés de l'enveloppe. Elle écarquilla les yeux en comprenant enfin de quoi il s'agissait.

— Ce sont des actions dans le casino de Bobby à Nice !

— Une participation majoritaire. Félicitations, mon amour !

Cara battit des paupières, abasourdie.

— Mais… Tu as acheté le casino de Bobby ? Pour moi ?

— La majeure partie. Bobby en a encore une toute petite part. Je pensais que ce serait plus amusant de le torturer.

Elle éclata de rire.

— Tu veux dire que je suis la patronne de Bobby Gold ?

— Oui. Si tu veux ses autres casinos, je te les achèterai également.

Les yeux remplis de larmes, Cara secoua la tête, toute joie et gratitude.

— Un seul suffira. Merci.

Repoussant les restes de leur petit déjeuner, Jack se pencha sur elle et l'embrassa tendrement.

— J'ai une idée ! Tous les ans, à la date anniversaire de notre rencontre, nous pourrions faire fermer l'un des salons privés du casino et jouer seulement tous les deux.

— A quel genre de jeu ? le taquina-t-elle.

Jack partit d'un rire grave, qui emplit la chambre comme une mélodie.

— Au strip-poker, bien entendu !

Si vous avez aimé *L'héritier rebelle*
découvrez dès à présent un extrait de :

La fierté de Rafael, Janette Kenny

à paraître le mois prochain, dans votre collection Azur.

Parmi la foule somptueuse rassemblée sur la Croisette, une seule beauté captivait l'attention de Rafael da Souza.

Depuis le premier instant où il avait rencontré celle-ci, cinq ans plus tôt, sa fascination n'avait pas diminué d'un iota. Et elle ne diminuerait jamais. Rafael appartenait corps et âme à sa femme, Leila Santiago.

Avant même de se marier, ils avaient décidé d'un commun accord d'attendre pour fonder une famille. Ils désiraient en effet se concentrer d'abord sur leurs carrières respectives, et profiter pleinement l'un de l'autre.

Rafael fronça les sourcils en repensant à l'année qui venait de s'écouler. Les moments passés avec Leila pouvaient se compter sur les doigts d'une seule main. Sa carrière et la sienne avaient en effet connu un essor spectaculaire, dépassant tout ce qu'ils avaient pu imaginer. Mais cette ascension phénoménale avait eu son revers : ils s'étaient retrouvés séparés durant presque un an.

Leila ayant été impliquée dans deux tournées mondiales, son beau visage et sa silhouette superbe avaient fait la couverture de tous les magazines de mode. De son côté, Rafael avait partagé son temps entre sa fonction de conseiller technique sur un film, et la mise au point du dernier modèle d'un téléphone mobile ultra performant, dont les applications surpassaient tout ce qui existait sur le marché.

Lui et Leila avaient réussi à passer un seul week-end ensemble, à Aruba, après une séance photo effectuée aux

Antilles. Il avait alors voulu parler à Leila de son désir de faire un enfant, mais le temps leur avait filé entre les doigts.

— Nous en parlerons au Festival de cinéma, en France, avait promis Leila.

Puis elle s'était penchée pour déposer des baisers brûlants sur le ventre nu de Rafael. Ensuite, ils avaient passé toute la nuit à faire l'amour avec passion.

Le lendemain, leur brève escapade avait été terminée. Rafael était parti à l'aube, après que Leila lui eut annoncé qu'elle ne pourrait modifier son emploi du temps pour l'accompagner au mariage de son frère Nathaniel. Cette nouvelle l'avait tellement blessé et mis en colère qu'il s'était contenté de répliquer d'un ton sec :

— Très bien, nous nous reverrons donc en France.

A présent, ils allaient passer une semaine entière sur la Côte d'Azur. Même si leurs journées seraient bien remplies, leurs nuits leur appartiendraient tout entières. Et Rafael n'avait cette fois pas seulement l'intention de *parler* de la famille qu'il désirait tant commencer à fonder.

A la pensée d'avoir des enfants avec Leila, une douce chaleur l'envahit. Leur maison serait vivante, résonnerait de rires, de joie.

Rafael n'avait jamais connu cela.

Sa mère l'avait aimé, certes, mais elle avait toujours occupé au moins deux emplois en même temps, pour pouvoir élever son fils et subvenir à leurs besoins. Petit garçon, il l'avait à peine vue.

De leur appartement exigu de Wolfestone, il ne gardait que des souvenirs douloureux, étouffants. Rafael ne s'était senti libre que lorsqu'il avait échappé à cette atmosphère confinée, et s'était installé dans un appartement moderne, à Londres. Ensuite, quand il avait épousé Leila, il avait acheté un luxueux loft avec terrasse à Rio, bien loin du sombre climat de son enfance.

Mais, désormais, Rafael voulait une vraie *casa*, entourée d'un jardin où ses enfants pourraient s'amuser, se créant de merveilleux souvenirs qu'ils conserveraient toute leur vie. Dans cette maison, ils se sentiraient en sécurité. Et *aimés*.

Leila savait ce que ce rêve représentait pour lui et elle aussi désirait fonder une famille. Avec un peu de chance, ils verraient bientôt leur projet se concrétiser.

Quand il vit sa femme se diriger vers lui, Rafael sentit le désir flamber en lui et un amour infini gonfler son cœur. Il en était toujours ainsi, chaque fois qu'ils étaient réunis.

Elle était si belle… Un tel bonheur submergea Rafael qu'il eut peur de cligner des yeux, de crainte de se réveiller avant de se rendre compte que Leila n'était qu'un mirage.

Sous les crépitements des flashes, elle s'avançait vers lui en arborant son célèbre sourire éblouissant. Le regard de la somptueuse top model n'était concentré sur rien ni personne, il le savait. C'était comme si elle savait comment séduire les appareils photo braqués sur elle. Et c'était sans doute en partie pour ça que les photographes l'adoraient.

Leila était un fantasme incarné, la perfection même. La femme avec qui tous les hommes rêvaient de faire l'amour, celle à laquelle toutes les femmes auraient voulu ressembler.

Ses épais cheveux dorés travaillés en boucles savamment emmêlées encadraient le visage qui avait orné les magazines les plus célèbres… Leila avait commencé à poser pour les photographes à l'âge de treize ans ; mais la fillette d'alors avait disparu, remplacée par une créature sensuelle et sûre d'elle. Une femme qui avait travaillé dur pour que son corps soit parfaitement lisse et ferme.

Sa robe couleur vermillon mettait en valeur ses seins et la courbe affolante de ses hanches tandis qu'elle marchait, le fin tissu ondoyant légèrement sous la brise légère. Le moindre de ses mouvements était soigneusement étudié, la longueur de ses pas, la hauteur vertigineuse de ses talons aiguilles.

Bientôt, ces jambes superbes seraient nues et s'enrouleraient autour de ses hanches…

Au cours de leur brève rencontre, en mars, Rafael s'était

rendu compte que sa femme lui avait cruellement manqué durant ces longs mois de séparation. Fou de désir pour elle, il avait savouré la sensation de sa peau soyeuse sous ses doigts, sous ses lèvres, sa langue. Il s'était enivré de la sensualité érotique émanant de son corps, de la passion brûlante dont Leila témoignait au lit, et qui lui faisait perdre la tête…

Soudain, elle s'arrêta devant lui, et Rafael surprit une lueur fugace d'hésitation dans ses yeux. Puis elle posa les mains sur son torse, en un geste familier qui avait été saisi par les photographes des milliers de fois, mais qui le fit frissonner au plus profond de lui-même.

Après avoir laissé son regard caresser lentement le visage de Leila, il sourit à son tour et referma les mains sur sa taille fine et ferme, en un geste possessif. Leila lui offrit alors ses lèvres et ils échangèrent un baiser, bien trop furtif au goût de Rafael.

Son parfum sensuel resta néanmoins sur sa peau, lui titillant les sens. Il devait s'agir de la dernière création d'un parfumeur célèbre dont elle était venue assurer la promotion. En même temps que le film portant le même nom, *Bare Souls*, sortait sur les écrans.

Les grands yeux de velours noisette qui avaient conquis le monde entier se rivèrent aux siens. L'espace d'un instant, Rafael eut du mal à respirer. A penser.

Puis une étincelle séductrice et sensuelle étincela dans le regard de Leila. Ce regard qui avait séduit les hommes du monde entier. Lui-même n'y était certes pas insensible ! Tout son corps vibrait de désir.

Il tendit la main et la posa sur sa joue, tandis qu'un murmure parcourait la foule.

Mais il le perçut à peine : pour lui, l'univers entier s'était évanoui, les laissant seuls au monde.

— Comment s'est passé le mariage de Nathaniel ? demanda-t-elle.

— Ils ont tous demandé de tes nouvelles, répondit-il. Je t'ai appelée…

— Je sais, dit-elle en enfonçant légèrement ses ongles dans son torse. Je ne *pouvais pas* me libérer.

Il hocha la tête en silence. De toute façon, ce n'était ni le moment ni le lieu pour parler de cela. Cependant, il y avait eu une note crispée dans la voix de Leila… Avait-elle rencontré des difficultés professionnelles ?

Mais à la pensée qu'elle serait à lui pendant une semaine entière, son cœur s'emballa dans sa poitrine.

— Notre suite est prête, dit-il.

— Parfait. J'ai hâte de me retrouver dans un endroit tranquille.

De nouveau, il lut de l'hésitation sur ses traits. D'autre part, sous son maquillage, elle était pâle, remarqua-t-il en lui prenant le bras. Avait-elle été malade ?

Heureux d'échapper aux regards avides des fans et des paparazzi, Rafael l'entraîna dans le hall de l'hôtel. Après avoir été si souvent montré du doigt dans la rue, lui, le bâtard Wolfe, il ne s'était jamais senti à l'aise en public. Et même s'il n'était plus l'objet de risées depuis longtemps, il détestait que des intrus s'immiscent dans sa vie privée. Aussi ne respira-t-il librement que lorsqu'il eut fait entrer sa femme dans leur suite, avant de refermer la porte sur le monde extérieur.

Retrouvez en juin, dans votre collection *Azur*

Sa plus belle confidence, de Kate Hewitt - N°3715

ENFANT SECRET

Comment, après tant de temps, Lucy va-t-elle supporter de revoir le cheikh Khaled el-Farrar, son ancien amant ? Lorsqu'il a disparu sans même prendre la peine de lui dire adieu, quatre ans plus tôt, elle a cru devenir folle de douleur. Et aujourd'hui, alors qu'elle doit se rendre au Biryal, le royaume de Khaled, elle sent son cœur s'affoler. Certes, elle compte bien se montrer forte, assurée, et lui prouver qu'elle l'a définitivement oublié… mais, elle le sait, elle se met en danger en sollicitant de nouveau cet homme qu'elle a passionnément aimé. Car, si elle fait tout ce chemin, c'est aussi pour lui annoncer un bouleversant secret…

Sous le charme du milliardaire, de Miranda Lee - N°3716

Lorsqu'elle apprend qu'elle devra se rendre à un mariage avec Ben De Silva, le P-DG du groupe qui vient de la licencier, Jess peine à réprimer sa colère. Comment cet homme qu'elle déteste, et qui l'a privée de l'emploi qu'elle aimait tant, ose-t-il solliciter sa compagnie ? Heureusement, ce week-end impromptu lui laisse plusieurs jours pour faire changer d'avis le bel Américain au sujet de la restructuration de son entreprise… ou pour succomber à son charme torride et tout oublier entre ses bras.

Une parenthèse enchantée, de Julia James - N°3717

UNE NUIT AU BOUT DU MONDE

« Partez en voyage avec moi. » Lorsque l'éblouissant Nikos Parakis lui a fait cette surprenante proposition, Mel a décidé d'accepter, sur un coup de tête. Ne rêvait-elle pas depuis des années de prendre un nouveau départ et de découvrir le vaste monde ? Aujourd'hui, pourtant, elle se demande si elle n'a pas fait une erreur : les sublimes plages des Bermudes risquent bien, pour elle, de se transformer en une cage dorée… Pour s'en échapper, elle devra faire preuve de détermination et poursuivre seule son périple, même si elle sent bien que, après ces deux semaines passées à ses côtés, le souvenir de Nikos restera imprimé dans son cœur à tout jamais.

Guidée par la passion, de Trish Morey - N°3718

Alors qu'elle voyage à Istanbul, Amber échappe de peu à la prison. Son salut ? Elle ne le doit qu'à l'intervention inespérée de Kadar Soheil Armimoez, un homme hautain et autoritaire qui la trouble immédiatement. Car, si elle lui est reconnaissante de l'avoir tirée de ce mauvais pas, c'est pourtant un tout autre sentiment qui prévaut lorsqu'elle le regarde : un désir brûlant, qu'elle n'a jamais ressenti auparavant… Après tout, elle est loin de chez elle et va devoir passer plusieurs jours en compagnie de Kadar, sous peine de retomber entre les mains de la police. Alors, pourquoi ne pas se laisser aller à la passion ?

Le plus parfait des amants, de Joss Wood - N°3719

Willa peine à croire à sa propre audace : elle a un amant ! Elle ! Après avoir mis fin à son mariage terne à pleurer, elle a enfin décidé de vivre et de s'amuser. Et quel meilleur compagnon de jeu que le beau Rob, qui excite ses sens comme aucun autre homme avant lui ? Pourtant, très vite, Willa s'aperçoit que cette relation ne lui suffit pas : pour Rob, elle n'est qu'une maîtresse de passage, et elle se respecte désormais trop pour accepter de jouer les seconds rôles. Cependant, comment pourrait-elle repousser cet homme irrésistible qui comble tous ses désirs ?

Fascinée par un séducteur, de Sharon Kendrick - N°3720

Depuis que le célèbre Alek Sarantos est arrivé dans l'hôtel de luxe où Ellie travaille, toutes les équipes sont en ébullition et chacun s'efforce de satisfaire au mieux les caprices du milliardaire. Mais Ellie, elle, tâche surtout d'ignorer sa beauté foudroyante et ses regards brûlants de désir. Pourtant, lorsque Alek lui donne un fougueux – et merveilleux – baiser, elle ne peut résister et se laisse aller entre ses bras. C'est alors que sa vie bascule : elle perd son emploi, les paparazzis se lancent à ses trousses, et le beau Grec, persuadé qu'elle a averti les médias, est fou de rage…

Celle qui lui était interdite, de Michelle Smart - N°3721

SÉRIE : LES MARIÉS DE L'ÉTÉ - 2E VOLET

Alessandra Mondelli est… enceinte de lui ? Christian Markos est totalement désemparé depuis qu'il a appris cette bouleversante nouvelle. Car Alessandra n'est autre que la petite sœur choyée de son meilleur ami, la femme dont il n'aurait jamais dû s'approcher malgré le désir fou qu'elle éveille en lui depuis toujours… En dépit du choc, Christian sait qu'il n'y a qu'une attitude à avoir : épouser Alessandra et prendre soin de leur enfant. Mais pour cela, il devra d'abord faire taire la petite voix qui lui susurre que la belle aristocrate italienne mérite mieux que lui et, surtout, convaincre Alessandra du bien-fondé de cet arrangement…

Un furieux désir, de Maya Blake - N°3722

SÉRIE : L'AMOUR EN SEPT PÉCHÉS - 6E VOLET

Zaccheo Giordano vient à peine de sortir de prison que déjà, fou de rage, il n'a plus qu'une obsession : retrouver les traîtres qui l'ont accusé à tort de détournement de fonds pour leur faire payer leur impudence. Il a même décidé qui serait sa première victime : la belle Eva Pennington, qui l'a séduit pour mieux le manipuler… Quel meilleur moyen de se venger que de la forcer à annuler ses fiançailles pour l'épouser ? Ainsi, il la tiendra à sa merci, et sera peut-être – enfin – immunisé contre l'attirance dévastatrice qu'elle a toujours exercée sur lui…

Une troublante demande en mariage, de Carol Marinelli - N°3723

SÉRIE : LE SECRET DES HARRINGTON - 3E VOLET

La princesse Leila de Surhaadi ne connaît plus le repos depuis que James Chatsfield a appris qu'elle attendait un enfant de lui. Car son amant d'un soir l'a décidé : ils se marieront et trouveront un accord pour élever le bébé ensemble. Sans amour ? Sans même véritablement se connaître ? Pour Leila, c'est hors de question : son enfant n'aura pas pour père ce play-boy notoire et irresponsable. Mais c'est compter sans l'entêtement de James qui, un soir, la prend au piège lors d'une ridicule demande en mariage publique : tout Times Square est témoin du déluge de cœurs et de pétales de rose qu'il déverse sur elle. Alors, après un baiser qui ressemble fort à une morsure, Leila n'a d'autre choix que d'accepter…

La fierté de Rafael, de Janette Kenny - N°3724

SÉRIE : SCANDALEUX HÉRITIERS - 6E VOLET

Au moment de retrouver Rafael, Leila sent son cœur se mettre à battre follement dans sa poitrine. Enfin, elle va revoir son mari, dont elle a été séparée pendant de longs mois, et savourer dans ses bras des retrouvailles tendres et passionnées… Mais quand Rafael, à sa grande surprise, lui explique qu'il souhaite à présent avoir un enfant, un héritier, et fonder une famille, Leila sent la panique et l'angoisse l'envahir. Désormais, elle en est certaine : si Rafael apprend le secret qu'elle lui cache depuis des mois, il la quittera pour une autre femme, capable, elle, de lui donner ce qu'il désire…

Composé et édité par HARLEQUIN

Achevé d'imprimer en avril 2016

CPi
BLACK PRINT

Barcelone

Dépôt légal : mai 2016

Pour l'éditeur, le principe est d'utiliser des papiers composés de fibres naturelles, renouvelables, recyclables, et fabriquées à partir de bois issus de forêts gérées selon un système d'aménagement durable. En outre, l'éditeur attend de ses fournisseurs de papier qu'ils s'inscrivent dans une démarche de certification environnementale reconnue.

Imprimé en Espagne